Una grieta en la noche

VOCES / LITERATURA

COLECCIÓN VOCES / LITERATURA 333

Nuestro fondo editorial en www.paginasdeespuma.com

Laura Baeza, *Una grieta en la noche*
Primera edición: octubre de 2022

ISBN: 978-84-8393-319-0
Depósito legal: M-19984-2022
IBIC: FYB

Editorial Páginas de Espuma
Madera 3, 1.º izquierda
28004 Madrid

Teléfono: 91 522 72 51
Correo electrónico: info@paginasdeespuma.com

Impresión: Cofás

Impreso en España - Printed in Spain

Laura Baeza

Una grieta en la noche

PÁGINAS DE ESPUMA

ÍNDICE

There is a crack, a crack in everything
That's how the light gets in…

Leonard COHEN, *Anthem*

Quinto round

Nos decíamos carnal por costumbre, no porque lo fuéramos. Mi mamá se juntó con su papá, pero Julián vivía con sus abuelos, en la misma colonia que nosotros; mi mamá, Juan Francisco y yo ocupábamos un departamento pequeño en una de las calles más feas, por el Parque de los Periodistas. El puesto de antojitos que atendía mi mamá en el mercado de Jamaica estaba bien para mantenernos, pero Juan Francisco decía que no era suficiente, él quería mucho más, y luego de tres años con nosotros, anunció que ya había ahorrado lo necesario y se iría con un compadre suyo, un señor que se hizo su compadre en una época en la que Juan Francisco no ponía pie en nuestra casa más de tres noches consecutivas y cualquier desconocido que le disparara los tragos ya era compadre, carnal o mejor amigo, y este nuevo compadre le dijo y dijo sobre los beneficios de trabajar del otro lado, cruzar la frontera por Nuevo Laredo, ahí tenía conocidos, otro compadre que les podía echar la mano los primeros meses, una chamba segura, y después la buena, que era en una fábrica en Chicago. Juan Francisco nos lo informó mientras cenábamos con Julián que estaba de visita en la casa y a veces se quedaba a dormir en la sala porque ya no iba a la secundaria, para qué si había reprobado todas las materias y ya faltaba poco para que cumpliera los quince años, así podría hacer la secundaria para adultos y tener su título en unos meses, y en eso Julián y yo no éramos iguales, yo iba bien, en sexto había sacado diploma, en primero y segundo de secu no, pero no reprobaba aunque me la pasara viendo televisión a escondidas y la mitad de la tarea fuera copiada de otros cuadernos, y mi mamá siempre decía que aguas con juntarme mucho con Julián, que un hermanastro no es un hermano, mucho menos cuando viene del vientre de una mujer que lo dejó a los cinco años para andar en la putería, decía mi mamá, y si a Julián le gustaba ser un vago, pues bueno, muy su pedo, pero yo sí acabaría la secundaria y luego la prepa, mínimo la prepa, yo sí iría a la universidad, y que Julián siguiera siendo chalán de los cargadores en el mercado, si por huevón no había podido con la secundaria, que se quedara cargando bultos y haciéndose igual de necio, bruto y apestoso como los costales de cebolla. Mi mamá me lo decía con todas sus letras cuando estábamos ella y yo, pero solo lo insinuaba con indirectas cuando Julián nos visitaba y a ella se le revolvía la panza al verlo sentado esperando la cena o frente a la tele, y ya ni se metía con su educación cuando Juan Francisco estaba ahí, al cabo que no era su hijo en común, pero no dijo nada la noche que él anunció que se largaría a Chicago, que cruzaría por Nuevo Laredo con unos centroamericanos y ya le había pagado al compadre su parte del viaje, cincuenta mil pesos que salieron del corte de caja de las gorditas, sopes y enchiladas que no eran tan dignas para Juan Francisco pero bien que pagaron su lugar en el contenedor del pollero amigo del compadre, según Juan Francisco, que hasta le dieron precio por ser mexicano. Que mi mamá siempre supo que era una estafa, pero también sabía que juntarse con Juan Francisco lo fue desde el momento en el que él se le metió a la casa y ella no dijo que no, al contrario, estaba feliz de tenerlo ahí para atenderlo y hasta le ofreció que se llevara a Julián porque le daba lástima que su mamá lo abandonó cuando era chico, y él no quiso, Julián de plano dijo que no, que mejor se quedaba ahí con sus abuelos, y seguro por eso ella le agarró tirria a Julián y me decía cada que podía que no me juntara mucho con ese chingado chamaco cara de caca, a ver si no le aprendía las mañas, que quién sabe cuáles eran, y así como se le fueron la compasión y la lástima por Julián se le fue la consideración por sus abuelos y los trataba de viejos cabrones cuando no le querían fiar fruta o verdura en el mercado, y eso que ella les decía que qué culeros porque eran familia, y de las gorditas y los sopes también comían su hijo y su nieto. No dijo nada cuando Juan Francisco anunció que ya estaba hecho, se iba a Nuevo Laredo la siguiente semana para cruzar, seguro ella ya lo sabía desde antes y por eso trabajaba más y le metía el doble a la caja de ahorro que compartía con Juan Francisco, abría el puesto más temprano y lo cerraba más tarde, porque muy en el fondo le creía a Juan Francisco y le creyó que él se la iba a llevar una vez que estuviera en Chicago, bien acomodado en la chamba, o mínimo le mandaría la remesa, y ahora la que abandonaría al hijo con los abuelos sería ella. Ya estando ahí voy a ganar en dólares, nos dijo cuando cenábamos, y en cuestión de meses va a haber dinero suficiente, porque una cosa es ganar en dólares allá, que se puede vivir bien, y otra mandarlos para acá, que estamos tan pero tan jodidos que hay que multiplicar, y multiplicando los billetes se vuelven un titipuchal que alcanza muy bien para meterle al negocio, qué será, dos, tres años, meterle pero recio, así cuando yo regrese ya vamos a tener negocio dentro y fuera del mercado, y casa, no este cuadro de tres por tres, sino casa en la Balbuena, de esas que te gustan, chaparra, vas a ver. Media hora hablando de que Chicago esto y dice el compadre que Chicago lo otro, pero de su hijo nada, y Julián hecho a la idea, aunque no lo decía, de que su papá ya estaba más pa allá que pa acá. Cuando se fue Juan Francisco apenas llegando el siguiente fin de semana, todo se volvió mal humor en la casa, más de lo que ya era, y mi mamá decía que estaba de la chingada, que la verían entrar sola por las noches y algún pinche mal viviente muerto de hambre querría chingarnos, pero cuando Julián le dijo que no había bronca, que él se podía ir a vivir a la casa y así verían a dos hombres cuidándola, ella se rio en su cara y le dijo que qué hombres ni qué la chingada, que ella no cargaría con ningún pinche entenado, y lo dejó ahí parado, con la cara de pendejo que no era de pendejo, sino de perro abandonado, como fue Julián desde que nació y ni su mamá lo quiso. No importa, me dijo, voy a echarle un ojo de vez en cuando para que ningún culero se venga a parar por acá, porque tu mamá está joven y buena, carnal, la neta, y no vaya a ser que un día les metan un susto, mejor vente, vámonos con don Chucho a La Morena, me debe una comida porque le ayudé a descargar y me dijo que no tenía cambio, vámonos y tomamos una chela, que con él no hay pedo, y te presento a un cabrón que quiero que conozcas, pero nomás lo vamos a ver de lejos, carnal. Julián hablaba con la confianza que había agarrado en el mercado, juntándose con los cargadores desde las tres de la mañana en la Central, cargando bultos con ellos todo el día, luego quién sabe para dónde, y hasta la tarde ya bien tarde, cuando recuperaba un poco el sueño se aparecía en el mercado a meter la fruta y la verdura de sus abuelos en los huacales, y preguntarle a mi mamá si necesitaba algún mandado, aunque ella lo viera como si fuera un pedazo de mierda que estorbara su camino, y le decía que no, que gracias, cuando quería decirle que se fuera a la chingada con su chingada madre. Pero a Julián no le importaba, me decía carnal y me llevaba de vez en cuando con sus amigos los cargadores, unos de su edad y casi todos los demás mayores, apestosos a sudor y cerveza, mota, sobaco, mona y patas, que nos decían si no queríamos un jale del churrito y les respondíamos que no, que para la próxima, y nos íbamos a la Merced, donde Julián también tenía amigos, regresábamos a Jamaica en la noche. Julián me acompañaba a la casa, echaba un ojo a ver si su papá ya había llegado, saludaba y se iba, y mi mamá me decía que qué chingados tenía que hacer en la noche con ese cabrón, que las mañas se pegan, y cuidadito de mí que anduviera en malos pasos, porque me rompía la madre y vería que se la rompieran a él. Carnal, vamos a ver si a don Chucho le queda caldo de hígado, está bien buena esa madre, calientito y con tortillas, y unos caracoles, lo que sea que tenga en el menú, el viejo me debe y nos va a disparar la comida. Julián no mentía, me presentó como su carnal, pidió una cerveza para él y otra para mí, don Chucho dijo que no había pedo, pero solo una, que si entraban los polis dijéramos que éramos sus sobrinos y siempre nos tomábamos una al mediodía, aunque a mí la cerveza me daba asco, y creo que a Julián también, porque tardó mucho en llegar a la mitad, pero tenía una fama que iba cosechando entre sus amigos y no quería quedar mal con ellos. Míralo, carnal, ahí está, limpiando las mesas del fondo, ahorita acaba y se va directo a la rocola, donde se queda un buen rato pasando el trapo entre los botones, me dijo Julián, apuntando con la barbilla a un hombre apenas más alto que nosotros, flaco, con cara de idiota. A que no sabes quién es ese cabrón, no ¿verdad? Es Menandro «la Chinche» Mendoza, el campeón de peso gallo aquí en la colonia, qué te digo la colonia, carnal, seguro era el más chingón en toda la ciudad. Julián se quedó callado un momento viendo cómo limpiaba los bordes de la rocola, doblando la punta del trapo para que cupiera entre uno y otro. Ese cabrón era una reata, yo supe su historia por los del jale en la Central, me preguntaron por él cuando les dije que pasaría por un encargo para don Chucho, les constesté que no lo conocía, que no, yo no había visto un boxeador aquí en La Morena y me dijeron que ese cabrón fue el más grande, el mejor, pero acabó pendejo, carnal, y ¿sabes por qué?, ¿no te lo imaginas? Pues por una vieja, por qué más. Este vato entrenaba por aquí, en un gimnasio todo piojo, ahí lo vieron, estaba chavo, unos dieciséis, diecisiete, cuando lo ficharon y le pusieron entrenador, como era rápido y usaba bien la izquierda, les llamó la atención y lo inscribieron a unas cuantas peleas, primero de apuestas, pero ese cabrón los acababa en el cuarto, quinto round, carnal, veloz, ligero y con una izquierda de fierro, ¡pum! Se los tronaba de un madrazo, pero no era pendejo, primero se lucía, que comprobaran que se movía rápido para cansarlos, así que le vieron futuro y lo inscribieron en otras competencias amateur, como el vato no tenía lana, lo que le daban estaba bien, y ellos se clavaban casi todo, pero luego quién sabe cómo y de buenas a primeras otro entrenador lo agarró, ya tenía representante, y lo inscribió como profesional ahí mismo en peso gallo, y comenzó a hacerse famoso entre el grupo de boxeadores, los que comenzaban y los más viejos. La Chinche era bien verga, carnal, subiendo como la espuma de esta chela, bueno, no de esta, pero crecía, una pelea tras otra, solo que ¡madres!, ahí fue cuando todo comenzó a joderse. Conoció a una vieja, o le presentaron a la vieja, cuando la Chinche ya tenía carro, varo, salía de viaje por sus peleas y le echaban el ojo para continuar el ascenso, le acababan de conseguir un par de presentaciones en Estados Unidos y ya le habían arreglado los papeles cuando conoció a la vieja esta y se enculó. Andaba de arriba abajo con la vieja, estaba perdido de amor el muy pendejo, pero en una de esas, cuando regresó de un entrenamiento, se lo habían llevado a no sé qué parte del Estado de México, a un campamento en el bosque para que entrenara a una altura de no sé qué chingados para practicar su resistencia, un día o dos antes de la pelea por el título aquí antes de irse a Estados Unidos, creo que a Arizona, se encontró a la vieja con otro vato, y la Chinche se puso como loco, carnal, le rompió la madre al vato, dicen que lo dejó como trapo, más culero que ese que tiene ahorita en la mano, pero a la vieja le rogó que no lo dejara, dicen que su entrenador, que lo acompañó en ese desmadre, le decía que se fueran, y la pinche Chinche llore y llore y la vieja diciéndole que no, que ya no lo quería, que se sacara a la verga, y bueno, se llevan al vato a descansar para la pelea pero la Chinche se escapa y se va toda la noche y se pone pedo, pero pedo pedo, hasta las manitas, la pinche Chinche, al día siguiente lo encuentran, creo que por aquí, cerca de donde estaba su familia, y el cabrón tenía la pelea, y ahí no se sabe, unos dicen que le dieron perico para que se le bajara la peda y se pusiera loco y a tirar madrazos con todo el puto coraje que traía de lo de la vieja, otros dicen que no, que seguía pedo, el caso es que se sube al ring, comienza a madrear a su oponente, un vato igual que él, no un tronco, un vato más fuerte pero menos rápido, y la Chinche, medio cruzado entre la peda y el perico, nomás no colocaba uno, así llegó al quinto round, cuando medio vuelto a la realidad le conecta un madrazo a su oponente, le da en la mandíbula, este cabrón se enchila y así, carnal, así creo que hasta ilegal el putazo, se lo revienta en la sien, y la Chinche cae, lo fulminó al cabrón, el otro vato gana, y cuando el réferi le alza los brazos y todo es griterío, ahí se dan cuenta de que la pinche Chinche no se levanta, que sigue en la lona con los ojos abiertos viendo las luces del ring, pero no ve nada el cabrón, carnal, la Chinche, entre el madrazo bien conectado y la cruzada del perico no solo perdió el conocimiento, sino que cayó en coma esa noche, se lo llevaron en chinga al hospital pero el vato ya no reaccionaba, el caso es que estuvo así como seis meses el cabrón, el dinero que había ganado se lo chingaron su representante y otros cabrones, la familia seguía pobre y viviendo en el mismo hueco, la vieja con la que dizque andaba se hizo pendeja y dijo que ni su mujer era para hacerse cargo del vato, y al final el que lo cuidó cuando despertó, que despertó de milagro, dicen, fue el entrenador con el que estaba antes de que le echaran el ojo la primera vez, pero la Chinche ya no volvió a ser el mismo, quedó pendejo, así como lo ves, se le movió algo en el cerebro por el putazo, ve tú a saber, y no volvió a entrenar, si de milagro fue que despertó, dicen que tuvo que aprender a hacer todo de nuevo, comer, ir al baño, medio hablar aunque casi ni habla el cabrón, como que no sabe, se le ha de haber olvidado durante el tiempo que estuvo dormido, y del box ya ni se acuerda, porque cuando pudo caminar le pusieron los guantes en el gimnasio y el vato no sabía qué eran o para qué servían, nomás los miraba y miraba con cara de pendejo y ahí se dieron cuenta de que la Chinche ya había valido verga y valió tanto que aquí está, don Chucho lo conocía desde que era chico y se lo trajo a La Morena para cuidarlo porque no vaya a ser que los culeros del barrio le hicieran algo, así flaco, chaparro y pendejo como está, y por lo menos aquí come el cabrón, ya sabe poner rolas y pone música cuando limpia las mesas, pero de eso a volver a conectar madrazos como antes, nel, carnal, la Chinche se apagó en cuanto quedó bocarriba en la lona. Julián me había contado la historia de la Chinche sin dejar de verlo limpiar la rocola, las mesas, las patas de las sillas, y en su rostro había más admiración que lástima. Yo también quiero boxear, carnal, estoy en buena edad, ya fui al gimnasio donde comenzó la Chinche, no queda lejos del mercado, estoy yendo un par de veces por semana, me emputa que la Chinche no me pueda entrenar, si está todo pendejo, pero no importa, carnal, yo voy a darle, vas a ver, en un año ya voy a estar tirando madrazos ¡zaz, zaz! Solo que con la derecha, porque yo no conecto con la izquierda, y va a estar bien chingón, yo voy a subir igual de rápido que la Chinche, pero a mí ninguna vieja me va a apendejar, no, carnal, que lleguen cuando yo ya sea campeón, y ni siquiera así, nadie me va a apendejar como a la Chinche, y ahora que mi jefe va a estar en Chicago, voy a echarle ganas al box, así junto una lana y lo alcanzo, a lo mejor allá puedo hacer carrera, imagínate, carnal, entrenando como Rocky, de a madres y con el puto frío. Eso es en Filadelfia, Julián, no en Chicago. Es lo mismo, carnal, con el puto frío, imagínate, ya cuando regrese aquí voy a ser campeón, hasta te puedo llevar conmigo, y ahora que sabes lo de la Chinche me cuidas de que no caiga con cualquier vieja, y yo te cuido, carnal, hacemos lana para agrandarle el negocio a tu jefa y ponerle unas muchachas para que descanse, de paso hasta a mis abuelos les toca lana, y tú también deberías ir conmigo al gimnasio a aprender a conectar unos madrazos para cuando se arme, siempre andas de miedoso, pareces puto, carnal, neta, a veces pareces puto. ¿Y qué tiene si soy puto? ¿Puto, puto de maricón y eso, carnal? Pues nada, pero ahí es cuando mejor tienes que aprender a tirar vergazos, no vaya a ser que un choto culero se quiera pasar de lanza contigo, y yo no ande cerca para descontarlo de tres madrazos y romperle el hocico, pero eso no va a pasar, te vas conmigo a Chicago y nos olvidamos de estos culeros, es más, antes de que mi jefe me diga dónde está y yo viaje para hacer carrera allá me ayudas a entrenar en el cuarto frío del mercado, ¿a poco no estaría chingón? Y de una vez nos acostumbramos al frío y rompemos madres del otro lado. A la Chinche no le importaba si estábamos ahí, solo pasaba el trapo por la rocola, había puesto una canción que decía algo de *si yo sé que es a mí a quien quieres*, pero no cantaba, tenía cara de muñeco viejo roto, y viéndolo bien se le veía una ceja chueca, o viéndolo mejor no era eso, era que tenía el párpado derecho un poco caído, como que ahí junto fue donde le conectaron el madrazo que lo dejó como un robot, y los dientes chuecos que parecían los dedos de dos puños cerrados, esos se los vimos cuando estornudó, porque no hablaba ni para dar las gracias o preguntar, solo obedecía a don Chucho si le decía que se fuera a limpiar otras mesas, que llevara una cuenta o devolviera el dinero tal y como se lo daban, porque estaba tan pendejo que hasta se le había olvidado contar o saber el valor de las monedas y billetes sudados que los borrachos le dejaban sobre la mesa. Aquella tarde nos terminamos el caldo de hígado y las cervezas se quedaron a la mitad, los dos pusimos de pretexto que se habían calentado mientras Julián contaba la historia de la Chinche, pero es que algo había en el ambiente que nos tenía un poco raros, y no cabía duda de que se trataba de Juan Francisco, aunque no queríamos decirlo, porque a una semana y media de haberse ido solo había llamado por teléfono una vez, y no era que a mí me interesara demasiado, él ni siquiera me caía bien, pero mi mamá se había puesto de peor humor desde que él se fue, me cargaba la mano en el puesto diciéndome que por qué me tardaba tanto en ir de la escuela al mercado, que había muchos mandados pendientes, me tenía de lleva y trae y cuando Julián quería ayudarme después de su jale con los cargadores entre Jamaica y la Central, decía que no, que el hombre de la casa era yo y era mi responsabilidad hacerme cargo del negocio, si el cabrón de su papá andaba bien gracias allá por Tamaulipas, nomás haciéndose pendejo. Llamó una vez, le dijo a mi mamá que todo bien, no podía contarle mucho, porque había varios esperando en la caseta ahí en Reynosa, donde se iban a quedar un día o dos más de lo planeado mientras llegaban los que cruzarían con ellos por Nuevo Laredo, que no llamaba del celular porque se los habían quitado, dizque por seguridad, pero pura madre, decía mi mamá, ese cabrón lo debe traer apagado para que yo no esté chingue y jode, como si no me supiera sus pendejadas, está bien, con que mande de una vez los dólares y yo le meta al changarro, luego a la chingada, ya me está cansando este desmadrito, ah, y no, no preguntó por ti, yo le dije que estabas bien, comido, chambeando aquí y en la Central, de tu tiempo libre no sé, pero no me dijo que corriera a llamarte para que esperaras otra llamada, si ni por tus abuelos preguntó, pero bueno, aquí la más jodida soy yo, a la que siempre se la carga la chingada es a mí, y ya va siendo hora de que le eches un ojo a tu abuela a ver qué quiere o vete a bañar de una vez, que por aquí no vas a quedarte espantándome a los clientes con el olor a cebolla. Me acordé de la historia de la Chinche, que perdió la cabeza, las peleas y la vida por una mujer, que se volvió un muñeco pendejo y apendejado por un madrazo en la sien por culpa de una que seguro era culera como mi mamá, como la abuela de Julián, como su mamá a la que no conocí y seguro él tampoco la recuerda, y ellas eran con las que yo convivía, de las que sabía porque las trataba diario, esas y alguna que otra maestra de la escuela, porque a mis compañeras no me les acercaba, yo me sentía a salvo con mis gustos, porque para viejas cabronas y culeras como ellas, mejor solo, mejor con mis secretos, que eran muy pedo mío y de nadie más, ni siquiera de Julián. Pero Julián sí me contó el suyo, me dijo que por ahora no quería que nadie de la casa o de las dos casas supiera para que no le echaran bronca, para que ni sus abuelos cascarrabias ni mi mamá que lo odiaba le hicieran la maldad, porque estaba muy emocionado, eso me lo dijo, me lo repitió un chingo de veces cuando íbamos a Jamaica, él al puesto de frutas y verduras y yo a ayudar con la masa de las gorditas y las garnachas, ya con ganas de que dieran las seis o siete, ayudar a recoger e irnos un rato al gimnasio a ver a los más viejos entrenar, ahí encerrados bajo el techo de lámina, que aunque afuera hiciera frío allá se concentraba el calor del sudor ajeno, el vapor de los minutos que tardaban saltando la cuerda y pegándole a la pera, y si nos iba bien, alcanzábamos a ver una pelea de cuates, un entrenamiento como debe ser, y Julián se emocionaba, imitaba los golpes de los boxeadores, impresionado, con la boca abierta, aunque los demás se rieran de él pero no por cabrones, sino porque, igual que a mí, les daba un poco de lástima. Nos dijeron que le vendían unos guantes, nadie los usaba, doscientos pesos como favor de compas, y los pagó con lo que le acababan de dar en la Central, ya regresando a su casa iba a decir que no cayó el trabajo que le habían dicho, porque estaba obligado a pasarle a sus abuelos la mitad de lo que ganaba, que para la luz y el agua, el gasto del gas, para no andar de ocioso con los mariguanos del mercado, pero era porque Juan Francisco no les daba nada y menos ahora, que se había ido al norte para no regresar jamás. Se puso los guantes y sintió, lo supe porque se le notaba en la sonrisa, los ojos, que ya todo iba a salir como él deseaba, que no tardaría en que lo dejaran entrenar con los más grandes, porque hasta la fecha solo lo tenían haciendo abdominales, saltando la cuerda, corriendo alrededor del gimnasio, que le vendieron los guantes no para bajarle sus doscientos pesos, sino porque ya iban a tomarlo en serio, chance y lo entrenaba el mismo que entrenó a la Chinche antes de caer en desgracia, antes de conocer a la pinche vieja, y Julián ya se saboreaba el triunfo, los aplausos, su figura en hombros de amigos, entrenadores, de todo mundo, vitoreado hasta por mi mamá que lo detestaba, y eso era porque acababa de vendarse las manos para ponerse el par de guantes feos pero que él sintió que eran los mejores del mundo, y con ellos comenzaba todo lo que siempre quiso, el aplauso infinito que deseó desde quién sabe cuándo y a la chingada Menandro «la Chinche» Mendoza, que ya le tocaba a Julián ser el nuevo campeón del barrio. De camino a la casa me contó cómo le habían programado los entrenamientos, lo que costaban, y que si le había dolido soltar doscientos pesos para los guantes y otros cien que necesitaba para las vendas y una pomada, tenía que ver de dónde sacar los quinientos mensuales para ir tres veces por semana, así que antes del gimnasio le había dicho que sí a los otros jaladores de la Central, a partir del día siguiente les iba a ayudar unas horas más, se pasaría de la carga y descarga de cebolla a la de chile, que casi nadie quería hacer, y luego a la de pescado, y aunque terminara antes tenía que esperarse un rato con ellos junto a los tráileres, por si le daban propinas, y en cosa de días ya se le marcaban las ojeras y tuvo que comprarse guantes de constructor para el jale en la Central porque las manos le ardían de tanto chile jalapeño reventado y luego era una chinga si en el gimnasio se pasaba las manos por la cara, como la primera vez que lo hizo casi de reflejo para limpiarse el sudor, y los ojos se le convirtieron en un infierno, así que ese día por la tarde, cuando fui a verlo para irnos juntos a cerrar el negocio de sus abuelos estaba brinque y brinque la cuerda como castigo, y llore y llore por la resina de los pinches chiles en las cuencas de los ojos. Un fin de semana nos fuimos a La Morena, don Chucho nos invitó un caldo de jaiba y dos quesadillas a cada uno, pero esta vez Julián no pidió cerveza, decía que quería mantenerse en forma y la cerveza solo le iba a sacar panza, que no quería verse como un trompo cuando lo pesaran, pero eso no iba a suceder pronto, aunque le gustaba creer que sí, que posaría encima de una báscula reafirmando que estaba en condiciones de pelear contra uno de su mismo peso. Allá en el gym hablan muy poco de la Chinche, como que nada más se acuerdan de él los viejos, pero no lo mencionan, carnal, dicen que como él ha habido otros, solo que ninguno escaló así de rápido, y no fue hace mucho, será cosa de diez años cuando se chingó, entonces la Chinche tiene treinta, y míralo, qué jodido está, yo a los treinta ya voy a estar con mi jefe en el gabacho, subiendo escaleras como Rocky, carnal, es más, las mismas escaleras que subía Rocky, siempre y cuando no me apendeje, carnal, ya les pregunté a los viejos si tenían videos de las peleas de la Chinche, porque estuve buscando en YouTube y nada, ni un pinche clip, oí que un VHS, de los que grababan con las cámaras cuando no había celular, pero ve tú a saber dónde chingados los tienen y si los prestan. ¿Y tú para qué los quieres? ¿Cómo que para qué, carnal? No te hagas el zonzo, si le copio a la Chinche lo que hacía sobre el ring a lo mejor tengo una ventaja, estaría chingón, decía Julián y no le quitaba los ojos de encima a la Chinche, que trapeaba cerca de los baños sin ningún gesto en esa cara llena de madrazos de hacía una década. No mames, carnal, yo que vine hoy, bueno, vinimos, tú y yo vinimos a fijarnos en la Chinche, tenía la idea de que algo podía notarle, que a lo mejor todavía se le ve el movimiento de los pies, así bien sincronizado, igual que se movía sobre el cuadrilátero para avanzar y retroceder, pero nada, carnal, ni una gota de energía, solo sirve para limpiar los meados de los borrachos y poner sus canciones viejas en la rocola, pero quién sabe si les entienda. No mames, Julián, ¿qué no me estás diciendo que el cabrón perdió la memoria y casi casi volvió a nacer en la cama del hospital cuando abrió otra vez los ojos? Ya lo sé, carnal, pero quería ver por ahí aunque sea una pista, porque la Chinche es el más vergas de los boxeadores del barrio, iba a ser nuestro ídolo, el que nos colocara en el mapa, y está de su puta madre que se haya apagado así nomás, pero en el gimnasio dicen que el cuerpo tiene memoria, y en una de esas a nuestro ídolo le llega un recuerdo de quién sabe dónde, y comienza a moverse como antes, calculando los pasos cortos que daba cuando estaba a punto de conectar un madrazo. Nada de eso sucedió, ni esa tarde sentados en una mesa viendo cómo la Chinche cumplía con su faena y volvía a poner esa rola *no podrás ser feliz con ningún otro, pues conmigo conociste el amor, sí, el amor*, ni un par de tardes después, cuando pasábamos por el caldo de hígado porque Julián llevaba encargos de don Chucho a la Central, y ahí veíamos a la Chinche una vez más puliendo mesas como monje tibetano, solo que a la Chinche no era que le importara poco lo que pasaba a su alrededor o estuviera meditando, era que ni sabía dónde estaba o en qué época. Me hubiera gustado que Julián tuviera esa calma de monje el día que nos llegaron las malas noticias, el sábado que a todos nos cargó la chingada, como debió cargarnos desde que Juan Francisco dijo que se iba a Chicago con el nuevo compadre, como nos cargó desde que se le ocurrió meterse a nuestra casa y quedarse con mi mamá y convertirla en lo que yo conocía y me daba vergüenza. Ay, Dios mío, ay, Dios mío cómo va a ser posible, gritaba la abuela de Julián en el puesto de mi mamá cuando fui al mediodía para quedarme ayudándole toda la tarde, Dios mío, que no sea él, le decía a la señora de blusa blanca y pantalón beige que le llevaba un papel que la abuela ya había visto y ahora trataba de quitárselo de las manos a mi mamá, quien también lo veía y de algo hablaba con la de blusa blanca, que sí, que es él, si aquí lo dice, señora, ya nos notificaron, encontraron la credencial de elector y el celular junto a las demás credenciales, teléfonos y dinero en una maleta que apareció después, en un carro abandonado unos kilómetros más adelante, quizás en el que trataban de huir los que los dejaron, pero no se imaginaban que a ellos también los iban a agarrar, que era más probable que a ellos los estuvieran esperando para levantarlos de una vez, y lo siento mucho, señora, señoras, lo lamento de verdad, no es sencillo, mucho menos para mí venir a darles la noticia, pero urge que alguien vaya a hacer la identificación, ya pasó una semana desde que los encontramos, por fortuna esto ha sido más rápido que de costumbre porque no fue fosa, Dios mío, ya no diga eso, señorita, por favor, no lo diga, pero hay que decirlo, señora, y mi trabajo, aquí está el licenciado de testigo, mi trabajo es notificarles y ver cuanto antes los trámites para que alguien vaya a Reynosa a hacer el reconocimiento, lo lamento mucho, yo no puedo hacer más por ustedes que venir en persona, Dios mío, señorita, mi hijo, mi hijo, por favor, no puede ser él, señora, urge que me firmen este documento y de inmediato veamos qué podemos hacer para reclamar el cuerpo. Apenas entendí qué estaba pasando cuando vi a un par de metros de distancia, que entre la multitud de locatarios del Jamaica estaba Julián, con la boca abierta y los ojos de plato igual que si hubiera visto a un muerto, o a lo mejor ya lo estaba viendo, ya sabía cuántos tiros le dieron o si se veía morado de haberse asfixiado en la caja del camión, pero no se acercó a su abuela o a mi mamá, no rompió la barrera humana que lo separaba de ellas y la tragedia, porque la tragedia la tenía encima con las palabras de la mujer de la blusa blanca, detrás de la barrera de locatarios asustados también con la noticia, pero acostumbrados a que desde siempre Juan

Francisco diera nota ahí en el mercado. Vi cómo se movió, esquivó a las señoras de las verduras que ya iban a abrazar a su abuela, porque a mi mamá no creo, a ella nadie podía darle un consuelo que no fuera solo por compromiso, nunca nadie quería acercarse a ella del otro lado del mostrador, y Julián se fue hacia la puerta más cercana al pasillo, con los pasos un poco chuecos, a lo mejor mareado y con ganas de vomitar de la impresión, pero no se agachó a vomitar ni nada, al contrario, una vez que llegó a la puerta se echó a correr, yo creía que para la casa de sus abuelos, con rumbo hacia la mía, o al gimnasio, pero no lo hizo, agarró la calle en sentido opuesto y yo me lancé detrás de él, y corría como cuando vi a Forrest Gump echarse a correr a lo pendejo, así corría Julián, a lo pendejo, de pura rabia y llanto, corriendo como si nunca se le fuera a acabar el aire, y estaba en lo cierto, a lo mejor no se le acababa porque entrenaba todos los días, saltaba la cuerda, no se le acabaría el aire como no se le acabarían las lágrimas aquella tarde, o eso pensé mientras trataba de alcanzarlo. Valía madres que comenzara a lloviznar, a Julián eso no le importaba, a ninguno de nosotros nos importó esa tarde, y él seguía corriendo hasta que dobló en la parroquia de María Magdalena y ahí supe para dónde iba, si habíamos llegado muchas veces, solo que más tarde, a la hora a la que casi no había gente y nos guardaban dos o tres bocados, pero Julián no entró, se quedó en la puerta de La Morena apoyado en sus rodillas, no respiraba con dificultad como yo, que no estaba acostumbrado a correr, pero necesitaba aire para salir del shock, y no era que la idea de que eso sucedería no hubiera pasado por su cabeza, claro que sí, pasó y dio vueltas, pero no creyó que se fuera a enterar tan pronto. Me le acerqué, pero no dije nada, aunque él ya me hubiera visto con el rabillo del ojo desde que emprendió la huida y yo detrás, era momento de dejarlo solo jadeando de rabia, de dolor, de orfandad de una puta vez, porque a lo mejor antes no le importó que lo trataran como un pedazo de mierda, ahora sí, ahora que ya empezaba a ser alguien, al menos para los cargadores de costales de chiles y cebollas en la Central, para los viejos del gimnasio, para mí que no dejaba de quererlo como lo que era, mi carnal, no de sangre ni de madre o padre, sino mi carnal de lo que de veras importa. Seguía recargado en sus rodillas, respirando agitado, creí que por fin vomitaría por el esfuerzo y la impresión de la noticia, pero algo salió de su garganta y fue un rugido, la mezcla de llanto y rabia, que era lo único que componía el cuerpo de Julián en ese momento, y estuvo así un minuto, a lo mejor dos, ya ni sé, y le valía madres que la gente lo viera como a un pinche loco chillón, le valían madres todos, o a lo mejor ya estaba hasta la madre y podía rugir ahora, porque no rugió cuando su mamá lo dejó hacía casi diez años ni lo hizo cuando el cabrón de Juan Francisco agarró la mochila y se largó, tenía que rugir en ese momento en la puerta de La Morena, tenía que rugir cuando la Chinche salió para poner sobre la banqueta una bolsa de basura. Pinche culero, pinche culero de mierda, le dijo a la Chinche ya que se incorporó, y se le fue encima, a ver, cabrón, a ver, haz algo, levanta las manos, culero, defiéndete ahora como te debiste haber defendido antes, cabrón, y la Chinche no soltaba la bolsa de basura y no la soltó cuando Julián le dejó caer el primer golpe en la costilla, el golpe que detonó que se le fuera encima y la Chinche entonces sí se cubriera la cara con ambas manos, se hiciera para atrás hasta quedar casi acorralado entre los golpes de Julián, su furia, su frustración y las lágrimas y la pared de La Morena, con la bolsa ahora sí tirada sobre la banqueta, a ver culero, di algo, que tampoco hablas, cabrón, defiéndete como te debiste haber defendido cuando te dieron el madrazo que te dejó loco, cabrón, cuando tu vida se fue a la mierda por una pinche vieja que nada más te vio la cara de pendejo, cuando tú también les viste la cara a todos y muy ídolo y muy ídolo que sacaría la casta por su barrio y no, te apendejaste y te dejaste caer delante de cualquier otro pendejo, cabrón, defiéndete. Del otro lado de la banqueta no podía hacer nada, mis piernas se paralizaron justo en el momento en que el semáforo me daba paso, yo no sabía si cruzar y llevarme a Julián antes de que hiciera una pendejada o los borrachos de La Morena se dieran cuenta y entre todos los agarraran a golpes por pegarle a Menandro, y me quedé ahí como estatua cuando sucedió el resto. Pinche cabrón, solo los ilusionaste, pero Menandro levantó los antebrazos y los colocó en posición vertical con los puños tapándole la cara, protegiéndose la nariz de cualquier golpe que le diera de lleno, y avanzó, dio dos pasos cortos al frente, pateó la bolsa de basura que le estorbaba y siguió avanzando, ya respiraba como solía hacerlo, a ver, cabrón, a ver, y con una agilidad que siempre estuvo ahí esquivó uno, dos, tres golpes, que aún no eran precisos ni tenían técnica pero podían lastimarlo, y giró el puño derecho y lo encajó en la costilla, escuchó el sonido que antes tanto le había gustado y lo enloquecía al punto de no poder detenerse, el sonido de sus propios huesos estrellándose contra los huesos del otro, apachurrando la carne fresca de su oponente; escuchó su grito de dolor, casi infantil, sus exhalaciones cuando se dobló pero no dejó de lanzar golpes primitivos, descoordinados, los golpes de un principiante que gritaba de rabia y dolor, y Menandro «la Chinche» Mendoza oía a la gente gritar su nombre apoyándolo, aplaudiendo eufórica, la gente que quería verlo ganar y ascender, tener el título y pelear en Estados Unidos, la gente que lo vitoreaba durante cada pelea de peso gallo, desde el gimnasio de la colonia hasta los *rings* más importantes de la ciudad, cuando se abría paso acompañado por el entrenador y algunas muchachas usando una capa bordada con lentejuelas, y avanzó en la misma posición que lo había hecho ganar ante múltiples oponentes, hizo una finta, como que conectaría un gancho pero preparaba la mano de la victoria, y en un segundo estampó el puño izquierdo, su puño ganador, en la sien del otro, con el mismo golpe que él había conocido hacía tanto tiempo, y levantó los brazos como el campeón que era, que siempre fue y seguiría siendo, el campeón que en ese momento le regaló a su oponente el último resplandor, solo que no eran los focos de luz blanca encima del cuadrilátero, sino el brillo del sol pasado el mediodía, en medio de los vítores que lo declaraban, por fin, el único campeón.

Veintidós días en la vida

Volví a despertar entre las tres y las cuatro de la madrugada. No vi el reloj, pero las noches anteriores sí, y afuera todo se veía igual: el cielo negro, las ventanas del edificio de enfrente sin iluminación, no había ruido en la calle. No solía apoyarme en el lado izquierdo del cuerpo hasta ahora. Solo veo la nuca de Pablo, mi cara está a esa altura; estoy hecha ovillo sobre el lado izquierdo, él también. No quiero voltear el cuerpo al derecho ni mirar la puerta de la habitación. Sé que duerme profundamente, entiendo el lenguaje de sus inhalaciones y exhalaciones, eso fue lo primero que aprendí desde que empezamos a pasar las noches juntos. No quiero imaginar en qué está soñando, pero debe ser lo mismo en lo que no quiere pensar desde que regresó. Su vida cambió, la mía también.

Pablo y yo no llevábamos más de dos meses juntos, llegamos el uno al otro por las casualidades, la tecnología. Fue lo que les dijimos a las tres o cuatro personas que nos vieron como pareja, algo que aún no éramos pero yo moría de ganas de ser, a ver si por lo menos así entendía un poco sus silencios prolongados. En la primera salida me dijo que llevaba casi el mismo tiempo que yo en la ciudad, estaba solo, y al decir solo se refería a esas soledades del cuerpo, el alma, el futuro. Únicamente eran él y su madre, ella a miles de kilómetros, él igual que yo, con la certeza de que los nuevos comienzos tienen que ser lo más lejos posible. Aquel día me confesó que pronto se quedaría solo por completo, su madre estaba muy enferma.

Después llegó un tropel de malas noticias: una recaída en la salud de ella lo obligó a volver a casa cuando ni siquiera le habíamos puesto nombre a las tardes que pasábamos juntos, a las madrugadas en las que no hacíamos otra cosa que tocarnos y seguir hasta que amanecía y yo debía volver a mi casa, que él no conocía por más que le insistí en que variáramos las visitas. Pablo se fue antes de que pudiéramos vernos otra vez pero durante los veintidós días que acompañó a su madre a hacer la transición, porque él le llamaba de ese modo, no quería decir la palabra que le daba tanto miedo aunque lo negara, durante esos veintidós días hablamos siempre y hablamos de todo: la piel de su madre, que un par de años antes aún era lisa, rosada en los pómulos; hablamos de los primos a los que veía cada vez que viajaba y ahora también estaban con él y le ayudaban a cuidarla; hablamos de lo que él nunca hablaba, de su soledad, pero yo era la nada a través del teléfono porque en realidad hablaba consigo mismo.

Regresó al mes de haberse ido. No supe cómo darle mis condolencias, no lo iba a alcanzar tan lejos porque yo no existía por completo en su vida, fuera de su habitación yo era algo ajeno del mismo modo en que él lo era para mí.

Intuí que necesitaría tiempo y espacio, más soledad, pero los planes de Pablo fueron diferentes, me pidió quedarme a dormir con él la primera noche que estuvo de vuelta. No quería estar solo. Una noche. Luego otra. Una más.

***

Pablo solo me dijo una vez que había soñado con su madre. No sé si lo hizo en broma, pero dijo que en el sueño él y yo nos estábamos quedando dormidos igual que cada vez que veíamos televisión y su madre, recargada en una de las paredes, se acercaba a la cama, tomaba el control y apagaba la tele. La sangre se me heló con sus palabras y su voz sin inflexiones. Me pidió que también esa noche me quedara a dormir con él.

Fue la primera vez que me desperté de madrugada. Fui al baño, pensé que mi insomnio se debía a eso, y ahí dentro, a un lado de la puerta, la flama de una veladora a punto de extinguirse daba lo último de sí. La apagué. De niña me habían dicho que las veladoras estallaban si no se les apagaba a tiempo.

Intenté continuar con mi rutina los días siguientes: trabajaba por las mañanas, regresaba a mi casa y dejaba todo listo antes de ir a casa de Pablo. Hacía lo mismo tres veces por semana, quizá cuatro, y en un par de meses convertí su habitación en mi lugar de sueño. Iba por las noches y volvía a casa al día siguiente muy temprano para bañarme e ir a trabajar o con una mejor planeación me iba directa a la oficina. Algunas veces salía sin despertarlo, otras había tiempo para despedirnos. Nunca le pregunté qué hizo con las cenizas de su madre, no quería tocar el tema porque después de su regreso él no lo mencionó, ya no hablaba de ella. Siento que los veintidós días que hablamos todo el tiempo él se estaba despidiendo a través de mí.

***

–¿Y ellos qué hacen o a qué se dedican? –pregunté en nuestro primer encuentro. Nos vimos en un café cerca de su casa.

–Dirás qué hace. Solo es ella. De él nunca supe nada. Ella cura a las personas. No, no es doctora. Si te digo que es santa no me vas a creer, pero eso hace. La gente la visita, consultan con ella, les dice lo que ve y comienza un trabajo, si es que hay algo que pueda ayudarlos.

–Entiendo –contesté. En verdad entendía, pero preferí no decir más.

–Cuando lo cuento, a la gente le da risa.

–No tengo por qué reírme.

–Lo que soy es gracias a ella.

–Está bien.

–¿Y tú crees?

***

Pablo y yo tampoco hablábamos del futuro. Los dos sabíamos que nuestra convivencia se había convertido en algo extraño. Dormir juntos por las noches. Tener vidas separadas durante el día. Aunque es lo mismo que acostumbran varias parejas, no era lo que yo esperaba. Tampoco lo que quiero. Estoy cansada de ocupar camas e irme, de que ocupen la mía y se vayan. De estar ahí. De esperar. De conformarme. Pero eso no se lo decía. Él vivía su duelo.

Yo lo vivía con él. Nunca pensé en ello como un sacrificio, y lo era.

Una tarde quedamos de vernos en un restaurante cerca de su casa, yo no había comido en todo el día y él no tenía nada en el refrigerador, saldría a comprar víveres al día siguiente y lo más seguro era que los dos tuviéramos hambre antes de acostarnos. La idea del restaurante fue mejor. Mientras me acercaba él no oía mis pasos, escuchaba un mensaje de audio: era su mamá. Nunca antes escuché su voz, pero el acento idéntico al de él, el apodo que le decía de niño, el tono de voz de las madres. Después Pablo me dijo que los escuchaba todo el tiempo una y otra vez. Cuando sucedían estas cosas yo quería abrazarlo y decirle que lo sentía mucho y estaba ahí con él para lo que necesitara, que me estaba enamorando o ya estaba enamorada, que en el futuro podíamos ser él y yo, pero nunca le decía.

Cambiamos de tema, yo le hablé de un recorte de personal en mi trabajo y él dijo que ya había conseguido algo, un nuevo empleo en el que empezaría dentro de dos semanas. Tenía las deudas de la enfermedad, el mes fuera, los trámites y otras cosas que estaban ahí aunque yo no supiera a qué se refería. Había días malos en los que yo llegaba a su casa, me cambiaba de ropa y me acostaba a un lado de él hasta quedarnos dormidos, y otros buenos como ese, que cenábamos fuera, caminábamos por el parque cercano y veíamos un par de capítulos de alguna serie como si el recuerdo de la madre no existiera ni su agonía ni su muerte ni los veintidós días que él estuvo sentado al lado de su cama pendiente de su respiración y despidiéndose de ella. Hubo días así.

Esa noche yo me quedé dormida antes, estaba agotada y feliz por nuestras horas juntos. Desperté otra vez de madrugada, casi amanecía, pero Pablo no me daba espalda dormido, estaba sentado en su escritorio junto a la televisión, alumbrado por la luz de una pequeña lámpara. Permanecí en silencio mirándolo: barajeaba el tarot de su madre. Acomodaba las cartas arrugadas por el uso, ponía tres filas de cuatro cartas, les daba vuelta, se las quedaba mirando y volvía a barajear, cortar y repartir. Estuvimos un buen rato haciendo lo mismo: él con las cartas, yo mirándolo en silencio. Después se levantó y fue al baño, no tardó, supuse que había encendido una veladora. Cerré los ojos e intenté dormir.

Unas horas después me despedí, era viernes y yo tenía planes para todo el fin de semana, no nos veríamos hasta el lunes o martes, que la amiga que había prometido pasar esos días en mi casa se fuera. Apenas lo besé en los labios y él no se movió, dormía profundamente. Hubiera querido permanecer ahí hasta que despertara y yo pudiera comprobar que tenía el mismo ánimo que la tarde anterior, pero estaba segura de que el ánimo de Pablo no sería el mismo en mucho tiempo.

***

–¿En qué parte? –le pregunté mientras le hacía una seña al chico de la barra para pedirle otro americano.

–Liverpool. Año y medio.

–Para esas fechas, yo estaba en Londres. Lo mío fue un año.

–Nos hubiéramos conocido.

–Sí, si tú ibas a Londres porque en todo ese tiempo yo nunca fui a Liverpool. Hubiera sido una gran coincidencia, aunque quién sabe, Londres está lleno de mexicanos. Y los mexicanos que están por estudios terminan conociendo a otros mexicanos.

–¿Regresarías?

–Si tuviera un trabajo mejor que el de ahora, sí, regresaría. ¿Por qué no te quedaste? Ya estabas trabajando ahí.

–No quise. Bueno, sí quería. En año y medio solo vine una vez, mi madre nunca fue. Volví por ella.

–Pero no regresaste a su casa, de inmediato viniste a vivir aquí.

–Separarse es difícil cuando solo son tú y la otra persona. Ella nunca quiso que me fuera pero yo sí. Siempre necesité estar lejos. Si hubiera sido decisión de mi madre, jamás nos hubiéramos separado. Jamás, Clau.

***

Pablo y yo no nos vimos hasta el miércoles. Le dije que no me sentía bien, quizás era un resfriado y no quería contagiarlo, pero la fiebre no me dejó en paz durante dos días. Mi amiga se despidió de mí el lunes por la mañana, estaba preocupada, decía que me veía más delgada que antes, ojerosa, me preguntaba si quería hablar de algo en específico y no me creyó cuando le dije que tal vez solo era cansancio. ¿El moretón de la espalda también es cansancio? Dijo cuando me abrazó antes de que el coche que había pedido se estacionara. Quedé de avisarle cuando me sintiera mejor.

El moretón eran dos marcas largas que se veían más como quemaduras que recuerdos de un golpe. No me dolía. Nunca lo hubiera notado si esa mañana ella no los hubiera visto junto a los tirantes de mi camisón. Dos marcas alargadas que parecían un signo de igual. Yo no tenía ánimo ni curiosidad por recordar cómo me las había hecho. Llamé a la oficina y les dije que me sentía mal, trabajaría desde casa y cuando fuera les llevaría el comprobante médico. Ellos respondieron que estaba bien y no hacía falta un comprobante, pero que les avisara en cuanto me sintiera mejor o si necesitaba apoyo de alguien. Pablo no contestó.

Nunca había tenido una fiebre como esa, solo sentía calor en la parte frontal del cuerpo. El pecho me hervía, sentía una ligera opresión al respirar, estaba cansada y quería dormir, pero únicamente podía acomodarme de lado, boca abajo la incomodidad era peor. Dos días con un malestar ajeno a mí. Dos días sin noticias suyas.

Nos vimos el miércoles por la noche. Le dije que estaba mejor, no había sido un resfriado, solo calor en el pecho. Le pedí que cambiáramos de posición para dormir, no quería irradiar calor o ahogarme con el de él, pero vuelta en mi costado derecho tampoco descansé, despertaba a cada rato y así comprobé que se levantaba casi al amanecer a hacer lo mismo que la vez anterior: se sentaba en su escritorio, barajeaba las cartas, las cortaba y repartía una y otra vez; al final, iba al baño a encender la veladora.

Esa semana me descubrí una marca roja en el cuello. Una marca sin textura ni relieve, solo la pigmentación. No me dolía. Pablo no pudo habérmela hecho sin que yo me diera cuenta. A la hora de la comida, salí de la oficina y fui al consultorio de una farmacia para que la doctora la examinara. Dijo que no era la picadura de algún insecto, que tuviera más precaución con quién se acercaba a una parte tan sensible de mi cuerpo, y con su mirada reprobatoria me extendió la receta para una pomada; no había mucho que hacer más que ponerme ese ungüento y observar si la marca crecía o cambiaba de forma, tamaño y textura, entonces debería ir a un dermatólogo. No compré la pomada. Tampoco le dije a Pablo.

***

Las primeras semanas que él y yo salimos no me cupo duda de que quería permanecer ahí por tiempo indefinido. Me gustaba todo lo que veía de él, me sentía atraída por su hermetismo, que era algo que siempre deseé en la primera parte de mi vida, soledad. Para mí cambiar de rumbo fue dejar atrás una multitud de voces y pasos de los que nunca me sentí parte. En cambio él sabía que adonde fuera estaría acompañado.

¿Cuarenta días es el tiempo reglamentario para terminar con el duelo por alguien? ¿O es toda la vida? ¿La vida de Pablo o la mía? A los cuarenta y tantos días de su regreso, yo continuaba yendo a dormir con él tres veces por semana, mirando su nuca de madrugada, observándolo de reojo los treinta minutos que pasaba en el escritorio barajeando las cartas, mirando con atención la flama de la veladora que encendía después de manipular el tarot, y que continuaba bailando entre la cera derretida antes de que yo me fuera a mi casa o al trabajo. Cuarenta y tantos días de estar ahí con él sin que hubiera algo para mí, semanas con el calor en el pecho, las mejillas rojas, las marcas que empezaron a poblar mi espalda.

Otra madrugada desperté y lo vi en el escritorio, haciendo lo mismo. Cerré los ojos para volver a dormir, pero no pude. Una mano helada colocó tres dedos en mi nuca y presionó con suavidad. Sentí la textura suave de la piel durante dos o tres segundos. Sentí cómo se hundía una parte del colchón y de inmediato regresaba a la normalidad. Apreté lo más que pude los párpados, no quería ver. Escuché pasos ligeros, conté diez, había diez pasos desde la orilla de la cama hasta la puerta. Después la voz de Pablo: También te voy a extrañar.

La perilla hizo un ruido al girar para abrirse y otro más tenue al cerrarse. Afuera comenzaba a amanecer.

***

Mi departamento siempre ha sido un lugar frío. Al principio eso me molestaba, no podía trabajar más de un par de horas seguidas sin que alguna de mis manos comenzara a entumecerse. Ahora eso ya no sucede. La temperatura de mi habitación ya no es problema, desde hace unos meses la cama está tibia. Aunque soy la única que vive aquí, a veces es un alivio empezar a quedarme dormida y oír algún ruido en la cocina. Significa que todo está en orden.

Me despedí de él con un beso en los labios, uno tan ligero que no se movió. En el baño ya no estaba la veladora encendida. Su escritorio había quedado limpio, como cada vez que lo utilizaba de madrugada. Salí de ahí y no quise voltear a ver hacia atrás, de lo contrario, sentiría que debía regresar una vez más, y otra, y otra con la ilusión de que volveríamos a tener días de caminata en el parque, películas en el cine cerca de casa, conversaciones inagotables. Me escribió al día siguiente, dijo que le habían dicho que el puesto para el que lo querían era uno mejor, más importante, con mayor paga. Saldría de la ciudad unos días para una capacitación, no me dijo a dónde ni cuándo, tampoco le pregunté. Guardé silencio el tiempo que la voluntad me lo permitió hasta que le llamé, quería hablar unos minutos, varios, una hora, lo que él quisiera, como cuando me llamaba mientras acompañaba a su madre, pero el número que yo marcaba no existía, según la grabación. Dos semanas después de vernos por última vez pasé a su edificio. En la fachada había un cartel que anunciaba que tenían un departamento en renta. Le pregunté al portero cuál era el que se rentaba y me miró como si yo tuviera que saber la respuesta o hubiera sido partícipe de la decisión, dijo que el número cuatro.

Poco a poco asimilé ese abandono. He tenido práctica para las despedidas porque siempre ha sido así. Cuando pude, volví a marcar el número de Pablo y no hubo respuesta. Lo busqué en redes sociales y no di con su perfil. En la web tampoco había huella de él, ni siquiera en buscadores de empleo o con lo que yo consideraba que eran sus datos específicos; la universidad de Liverpool donde cursó año y medio no tenía un registro suyo entre los estudiantes extranjeros. Extinguirse también es una forma de despedida.

Algo de él quedó en mí. He aprendido a observar las tres rayas que comienzan en mi nuca y llegan hasta una parte visible de mi cuello. Cuando tengo ánimo las maquillo, pero no me molesta ir con ellas a la vista de todos. Sé que las cosas están bien cuando duermo hecha ovillo sobre mi lado izquierdo y en algún momento de la madrugada una parte del colchón se hunde por el peso de otro cuerpo. Sé que yo estaré bien porque nunca más me quedaré sola.

Veladoras

15 de enero

De Macaria se decía de todo: la gente contaba lo más obvio o chismes totalmente zafados. La visitaban personas de cualquier lugar y presupuesto, mujeres encopetadas de Polanco usaban lentes oscuros y poco maquillaje para pasar desapercibidas, sentadas codo a codo con las huarachudas de su natal Soteapan, esperando ser atendidas. Algunos decían que tenía un pacto con el diablo y podía hacerse invisible para caminar por los pasillos del Mercado de Sonora, atenta a lo que decían de ella y supervisando que sus chalanes no le robaran dinero o mercancía en el puesto de veladoras, hierbas y santos, que ya tenía fama de ser el de la mejor bruja del mercado.

Los periódicos se nos habían adelantado dando la nota: *Torturan y asesinan a anciana en La Merced. No hay detenidos*. La escueta noticia, que era más llamativa por las fotos, decía que una mujer de setenta años había sido hallada en su domicilio en el barrio de La Merced, en avanzado estado de putrefacción; vivía sola, pero el fuerte olor del cadáver alertó a los vecinos, quienes informaron a la policía, y al entrar por la fuerza, se encontraron con una escena escalofriante y asquerosa: los cuatro o cinco gatos que vivían con ella habían mordisqueado el cuerpo ya fofo por la descomposición, al que le faltaban los veinte dedos, las orejas, y tenía las cuencas de los ojos vacías, con el rastro seco de sangre donde antes pudo estar la carne de las mejillas. Más perturbador fue el escenario para los dos recién graduados de la escuela de policía que acompañaron a los de la SEMEFO en el levantamiento del cadáver: con la sangre de la vieja habían hecho pintas en las paredes, cruces invertidas y pentagramas. La minúscula casa estaba tapizada con imágenes de santos distribuidas en un par de enormes altares: desde la Virgen María hasta Malverde, frutas podridas que alguna vez fueron ofrendas, veladoras de todos colores, amuletos, fotografías individuales y en grupo de personas en distintas épocas; era, pues, un santuario al sincretismo. Y encima de las vírgenes y brujos, el rastro rojo de la vieja. En la Jefatura supimos de la occisa por lo escandaloso de la nota, pero era una muerta más, hasta que esa misma tarde los datos fueron más precisos: Macaria Hernández, una bruja del Mercado de Sonora. La Macaria de mi infancia.

Cuando mi jefe asignó a los investigadores en el caso, temiendo que se tratara de una banda de narco satánicos de reciente formación, o la misma que ya azotaba la delegación y nos estaba dando dolores de cabeza con algunos asesinatos en Tepito, le pedí formar parte en el proceso. No en activo, mis obligaciones se hallaban en otro lado, pero quería saber los detalles del asunto cuando averiguaran de qué se trataba y quiénes habían sido los responsables.

Romero, usted no tiene que estarse metiendo en eso, lo necesito ya sabe dónde, no con la vieja y los narco satánicos, esos delitos no le competen, me contestó.

Le dije que no iba a estorbar, incluso podría ser de mucha ayuda, yo la conocí de niño.

Era pobre, Romero, y vivió usted en una vecindad en el Centro; esos cuentos me los sé, ya me los ha dicho antes, que tuvo carencias como casi todos estos muchachos. A ver, calcule cuántos de sus compañeros pasaron por el Centro, hasta yo anduve por ahí. Su historia de superación tampoco es cosa de otro mundo, no se sienta especial, la pobreza no nos hace mártires, dijo una vez más, a la mala y sin levantar la vista de las fotografías que acababan de entregarle los de la SEMEFO. Pero bueno, si eso lo va a hacer feliz y va a trabajar más, éntrele, nomás no interfiera, que esto ya está asignado, y tampoco descuide sus obligaciones, que usted está muy bien haciendo lo suyo en otra colonia.

Ayer 14 de enero busqué a los investigadores a cargo, X y Y, a quienes ya conocía de un caso anterior y me respetaban poco por creer que estaba ahí, con un puesto mejor que el suyo, por las influencias de algún pariente y no por el título de ingeniero en sistemas; X y Y, que se burlaron de mí, igual que el jefe, cuando les dije que yo había crecido en una vecindad en el Centro, una donde pasaban todo tipo de cosas por las noches, y se habían reído por lo bajo la primera y única vez que se los dije, aunque mi jefe terqueara que iba por todas partes con mi historia de niño pobre, porque sabían de muy buena fuente que pasé mi adolescencia en el sur de la ciudad, que fui a una secundaria y una prepa de paga y toda mi educación fue igual desde que llegué a casa de mi abuela; que había tenido más oportunidades que otros, comenzando porque entré a la policía por un gusto casi morboso y no por los seis mil pesos de los policías de a pie. No tenía caso contarles una vez más los primeros años de mi vida para intentar hacerme respetar y me sintieran como un igual, decirles de la época en la que conocí a Macaria Hernández en su casa de La Merced, cuando la vida nos cambió a mi hermana y a mí, y que a partir de entonces, sin importar colonias o trabajos, había comenzado a tener pesadillas, porque yo no era ni mejor ni más valiente que ellos, y estaba hasta la madre de escuchar sus burlas a mis espaldas.

Más de veinte años con pesadillas, más de veinte años escribiéndolas en diarios, y hoy, por primera vez, escribiré sobre Macaria.

20 de enero

Me presenté con X y Y a la hora del almuerzo en la Jefatura. Eran mayores que yo, andarían pasando los cincuenta cada uno, se acordaban de mí, pero llevábamos mucho tiempo sin colaborar juntos en algún caso, y el de Macaria parecía interesarles lo mismo que el resto: poco o casi nada.

X, el más gordo de los dos, me dio el folder con las declaraciones de los vecinos y las fotografías que ya había visto el jefe, cada detalle del cuerpo de Macaria y el estado en el que hallaron la vivienda: un cadáver tan horrible, torturado y carcomido, solo podría ser el de una bruja. Volvía a verla luego de tantos años, pero no se parecía a mi recuerdo, tal vez porque las pesadillas que tuve desde la infancia le dieron otra forma a la mujer que yo creí que era, y esta anciana decrépita y con las cuencas vacías rodeadas de sangre era una víctima más de un salvajismo al que estábamos acostumbrados, por eso me costó trabajo reconocerla. No sé por qué pensaba que una muerte como esa no la alcanzaría jamás. De lo que sí me acordaba era de los altares, las paredes llenas de ofrendas, veladoras y fotografías, porque ahí clavé la mirada a los diez años, para no ver la cara de Macaria, tampoco voltear a ver a mi abuela mientras se ponían de acuerdo, ni a Daniela aterrada al lado de mí, apretándome la mano y con las mismas ganas que yo de salir corriendo.

Vamos a ir mañana, Romero, hoy ya no da tiempo, dijo X, pasándose el bocado con un trago de Coca. El día del levantamiento del cuerpo llegamos un poco tarde, hasta que los compañeros de rondín nos avisaron, pero hicimos interrogatorio a los vecinos que reportaron a la occisa, y aún nos faltan dos que la conocían, los que iban a llevarle de comer porque la vieja ya no caminaba. Véngase con nosotros, nos dice el jefe que usted medio la conoció de niño, a lo mejor eso sirve. Por cierto que nadie ha reclamado el cuerpo ni presentado una denuncia, pero no nos conviene dejar esto abierto, sobre todo con las quejas de los vecinos por las pandillas de la colonia. Si usted nos ayuda metiéndole velocidad, esto se resuelve.

Acordamos ir a las nueve, los posibles interrogados ya habían sido avisados. Yo continué con mis asuntos en el área que me correspondía, seguirle el paso a unas fiestas de nuevos *hippies* que se hacían en la Roma, algo bastante visible en los medios y que tenía desesperado a mi jefe, porque involucraba a hijos de funcionarios, chamaquitos fresas a los que había que sacar del radar antes de que los medios nos acusaran, por enésima vez, de permisivos. La investigación de las fiestas corría a mi cargo, pero mi atención estaba en Macaria, la vieja hallada pudriéndose en la calle Olvera, la que se hacía invisible entre los pasillos del mercado.

Esa noche mi pesadilla fue más amable que el resto, ni siquiera la registré en este diario, porque tal vez solo fue un sueño y en todo este tiempo he llegado a mezclar y confundir pesadillas con sueños de cansado o recuerdos del día, pero lo que me despertó fue un fuerte olor a podrido. Mi primer pensamiento fue creer que los de la delegación estaban abriendo coladeras a media noche, pero no era el tufo del drenaje, sino el olor que yo conocía de sobra, el olor de los muertos. Tardé en volver a conciliar el sueño, tardé en hacerme a la idea de que mientras no diéramos con el asesino de Macaria, algo podría continuar despertándome durante las madrugadas.

En la puerta de la vecindad nos esperaban una señora y un señor, ambos se veían de la misma edad. Ella estaba coja, gorda y se apoyaba en un bastón, él también era un poco gordo y despedía un olor a cruda de mediodía. El que interrogó fue Y, y los interrogados se soltaron a hablar: eran hermanos, Macaria les pagaba mil pesos al mes para que le llevaran la comida todos los días, puntuales a las dos de la tarde, porque ella, vieja y reumática, apenas podía desplazarse entre el espacio de su propia casa, y ellos le hacían los mandados. Macaria ya no tenía el puesto en el Mercado de Sonora, lo había vendido hacía años, y se mantenía con una pensión que le daba el gobierno de la ciudad, y lo que de vez en cuando le regalaban sus antiguos clientes.

¿Saben quiénes son sus antiguos clientes? Preguntó X. Pensé en mi abuela, pensé en mi hermana, pensé en mí sentado frente a Macaria.

No, señor, respondió el hombre. Eso nada más lo sabía Macaria, pero nos contaba que de vez en cuando le hacían llegar unos centavos. A lo mejor ellos no venían a dárselo, porque cuando tenía más clientes había muchos que se lo mandaban con alguien, pero no nos consta, yo creo que nada más tenía la pensión.

¿Ustedes viven aquí en la vecindad? Preguntó Y, tomando nota.

Vivimos enfrente. Arriba de la carnicería López hay varios cuartitos, estamos en uno de esos.

Ustedes le traían la comida todos los días, ¿dónde estaban cuando la mataron? Los que avisaron cuando ya se encontraba en estado de descomposición fueron los demás vecinos.

En Minatitlán, señor, de allá somos, contestó la mujer mirando a X. Hay una feria patronal cerca de Mina, cada año nos hacemos cargo de un puesto de churros y papas fritas, nos quedamos ahí una semana o diez días con nuestros demás hermanos, ellos manejan esos puestos durante las ferias y a nosotros nos contratan si la feria es grande. Este año Macaria nos regaló veladoras para vender, de las que le quedaron antes de traspasar el negocio, se vendieron rebien, dijimos que estaban trabajadas por Macaria y, no le miento, nos compraron dos cajas, y eso que era fiesta de un santo. Esta vez hicimos dos semanas allá, por eso apenas llegamos antier, mire, aquí están dos boletos del ADO, los de regreso, y de ida nomás encontré uno, el otro debe andar en otra cartera.

¿Podrían describir o indicarnos quiénes más venían a ver a Macaria, de visita o por algún trabajo? Pregunté.

Es que nadie más venía, señor, dijo el hombre. Desde que Macaria dejó el puesto y dejó de hacer trabajos en su casa, hará cosa de cinco o seis años, ya nadie se paraba por aquí. Yo creo que eso de que le seguían pasando su dinerito era puro cuento.

X, Y y yo nos fuimos, llevándonos la llave que la mujer nos entregó. Continuaríamos investigando conforme llegara la información. A X y Y les sobraban operativos por la zona, y yo estaba seguro de que a mí las pesadillas no dejarían de visitarme, porque la sombra de Macaria, que se puso en mi hombro a los diez años, ya había regresado, y temía que no quisiera volver a irse.

30 de enero

El comandante me lo dijo desde el inicio: sus prioridades son otras, si le interesa el asunto de la bruja puede seguir la investigación con X y Y, pero a usted lo quiero en lo suyo. Y eso hice, concentrarme en seguir de cerca las fiestas en departamentos rentados en la Roma, otro par que se había salido de control en la Narvarte; intenté recuperar vínculos con mis contactos en esas colonias para salvar el pellejo de los escuincles que las organizaban y se les hacía muy divertido consentir que sus amigos o hasta ellos mismos emborracharan a menores de edad, las drogaran, tuvieran relaciones con ellas y usar máscaras de luchador para documentar todo en videos con los que luego las extorsionaban. Hijas de funcionarios violadas por hijos de otros funcionarios. Nos ahorraríamos trabajo innecesario si ellas cooperaran diciendo quiénes organizaban las fiestas y les daban la droga, seguramente eran los mismos con los que se acostaban, pero de antemano sabíamos que eso no iba a suceder.

Creí que el tiempo invertido siguiéndoles la pista a los de las fiestas me estaba sacando del juego en el tema que de verdad me interesaba, pero según me dijeron X y Y cuando nos reunimos, lo de Macaria continuaba parado, la investigación tampoco apuntaba hacia algún lado, y ellos comenzaban la semana a tope de compromisos.

Le dijiste al jefe que tenías tus contactos en La Merced, Romero, ve si con ellos sacas más información, dijo X. Hay que darle velocidad a eso antes de que nos vuelvan a caer los de *La Prensa* y *De Peso*, ya sabes cómo son cuando se la pasan chingando.

A lo mejor ya no estoy tan bien con esos contactos, respondí. Conozco a la perfección las calles del Centro, todavía voy a algunas de las vecindades, pero así como yo me fui de ahí, los contactos se han ido moviendo. Voy a hacer trabajo de a pie, a ver qué sale.

La cara de X era de decepción y la de Y de burla. No necesitaba que esos dos siguieran dudando de mi capacidad ni que cuestionaran con indirectas mi interés por Macaria. Desde el inicio me tacharon de entrometido por agenciarme una investigación fuera de mi zona y sin tener fuentes confiables, pero su opinión ya no me importaba, yo quería saber qué había pasado, quién la había mutilado y asesinado a sangre fría. Lo mío con la bruja iba más allá de un horrible homicidio, porque había visto peores, pero únicamente el de ella se repetía por episodios mientras dormía, y solo después de ver las fotografías de sus altares y el cuerpo lacerado volví a sentir el olor a putrefacción que me despertaba por las noches, el mismo que se instaló en mi nariz infantil después de visitar a la bruja por primera vez. Macaria regresó para recordarme que estaba ahí gracias a ella, mi hermana y yo le debíamos el favor.

5 de febrero

Fui a la vecindad en mi día de descanso, con ropa de civil. La vez pasada, cuando llegué con X y Y, vestido de policía, la gente se nos quedaba viendo, temían un operativo, ahora era distinto. El portón metálico estaba abierto, el pasillo solitario, y la puerta de la casa de Macaria en el primer piso aún tenía las cintas amarillas pero ni una sola veladora, ni una flor, nada, ni siquiera por parte de sus vecinos, no se veía como otros lugares donde mataban a alguien y al día siguiente estaba lleno de ofrendas, aunque fuese una puta o un narquillo.

Cuidado, no lo vayan a espantar, dijo un señor que bajaba las escaleras al lado de la casa de Macaria.

¿Por qué? Pregunté.

Ahí mataron a una bruja hace poquito.

¿Y ya los agarraron?

No, que yo sepa, y a lo mejor ni los agarran, a lo mejor la mató el diablo.

El hombre siguió su camino y salió a la calle. Me quedé pensando que tal vez sí la había matado el diablo, tal vez el diablo iba a cargarse a todos los involucrados con ella, comenzando por mí.

10 de febrero

Lo de Macaria solo me importaba a mí. Eso me quedó claro no nada más por la indiferencia de X y Y ante la investigación, que esperaban que los datos útiles cayeran del cielo, sino porque el comandante dijo que tarde o temprano daríamos con el o los responsables, pero eso sería cuando mataran a alguien de la misma manera, a otra persona importante o más querida que la bruja. Nos beneficiaba que llegara el segundo muerto, ayudaría a acelerar las investigaciones y encontrar al asesino, o nos jodía porque significaba que sí eran los narco satánicos otra vez haciendo de las suyas. Asesinatos así de aparatosos implicaban más trabajo y horas extra. Feos, apabullantes, pero la averiguación solo terminaba en estadística.

Entonces sí, Romero, si son los narco satánicos nos van a jalar las orejas de las oficinas de arriba, porque se supone que ese asunto ya estaba zanjado, y pobres de ustedes que ahora no me traigan culpables.

Al comandante le preocupaba lo que sus superiores dijeran, entorpecer un posible ascenso, el asedio de la prensa amarillista ante su ineptitud, y a mí el olor a muerto que me despertaba algunas noches. Hace un par de días hablé con Daniela, nos vimos en su casa para comer, ella, sus dos niños y yo. Le dije que habían asesinado a Macaria, la bruja que habíamos conocido.

No sé de qué hablas, Antonio, respondió, y siguió comiendo en silencio.

Cuando vivíamos en Luis Moya, no sé si te acuerdas, antes de irnos a Copilco con la abuela, igual y eras muy chica, pero una vez fuimos…

Te digo que no sé de qué hablas, Antonio, dijo, ya molesta. Daniela nunca me respondía molesta. No me gusta hablar de la abuela, no me gusta hablar de nada de lo que haya pasado durante esa época.

Daniela, tampoco teníamos tres años…

No, y ahora tampoco tenemos cinco. Ya deja eso atrás. Para mí todo lo que haya sucedido en la época de la abuela se terminó en cuanto salí de ahí y ella se murió. A ti te haría bien hacer lo mismo.

Veía muy poco a mi hermana. Solo quedábamos ella y yo, Daniela y yo tomados de la mano mudándonos de la calle Luis Moya a una colonia al sur de la ciudad, de una casa de vecindad a otra rodeada de piedra volcánica con una mujer que conocimos el día que alguien nos avisó que en el futuro solo existiríamos mi hermana y yo, como solo existíamos nosotros tomados de la mano, en el departamento de Macaria, Daniela con la mirada clavada en sus rodillas y yo en los altares que Macaria tenía detrás, justo cuando mi abuela le dio la foto de nosotros con uniformes escolares y ella la puso en un altar más pequeño, antes de indicarle a mi abuela lo que tenía que hacer.

Daniela tenía razón, tal vez yo debía ir soltando cualquier cosa que me atara a esa época.

25 de febrero

He tenido tres pesadillas desde que regresé a casa de Macaria, y las tres las he anotado en los cuadernos que uso desde hace años, las tres están al final de estas hojas, y es probable que recurra a ellas en algún momento, cuando este asunto se termine, si es que eso sucede. La última no sabría decir si era una pesadilla o un recuerdo, Daniela y yo sin soltarnos la mano, apretando fuerte uno al otro, mi abuela dándonos a beber una cucharada de lo que nos obligaba a tomar todos los días, que nos hizo gritar de terror la primera vez que lo vimos y después nos producía tanto asco, y fue ese mismo asco el que me despertó de madrugada, el de mi sueño mezclado con el olor putrefacto de Macaria, que ya se había hecho presente y me recordaba que no habíamos podido atrapar al asesino.

A X y Y no les importaba que trabajábamos juntos en lo de Macaria, y se hacían los omisos a propósito, porque no me informaron que un testigo había rendido su declaración.

Te vimos muy concentrado con lo de las fiestas, se disculpó Y, y el jefe nos dijo que mejor te dejáramos ocuparte de eso. Lo de la bruja ya se irá resolviendo, ya caerá alguien, a lo mejor un chamaco del barrio que creyó que ahí había lana, otro del Mercado de Sonora, un nieto, quién sabe. Hasta hoy no ha vuelto a ser nota en el periódico y tampoco han matado a otro de la misma forma, todavía tenemos tiempo. Si nos llega alguna cosa importante y no pura paja para el archivo, te avisamos.

Ese día, terminando mi turno, me cambié de ropa y regresé a la vecindad. Antes de entrar vi a alguien parado en la puerta de casa de Macaria, era un hombre joven, más o menos de mi estatura, con las manos en los bolsillos. Me vio y salió de inmediato, casi choca conmigo y con el vecino que le llevaba de comer a Macaria, quien iba entrando a la vecindad con unas bolsas de mandado.

Buenas, oficial, me saludó, despidiendo el olor a borracho de mediodía.

Buenas. ¿Conoce a ese señor que se acaba de ir?

No, mi oficial, nunca lo había visto, contestó. No vive aquí. ¿Qué lo trae por estos rumbos? No viene de diligencias, ¿verdad?

Estaba cerca resolviendo unos pendientes personales y de una vez quise pasar a ver que la casa siguiera resguardada, que nadie viniera a profanarla más de lo que ya está.

No creo que alguien quiera profanar la casa de una bruja, mi oficial. Estese tranquilo con eso.

¿Qué lleva ahí? Le pregunté, señalando las bolsas.

Carne. Hay que trabajar en lo que se pueda y hoy me toca hacer el mandado aquí en la vecindad. Esto es para una de las inquilinas.

Entonces conoce a todos los vecinos. El hombre asintió, dejando salir un eructo. Bueno, pues le pido que de vez en cuando eche un ojo, por si ve algo extraño, o a alguien desconocido.

Claro, mi oficial. Cualquier cosa, les llamo, los otros oficiales nos dejaron sus teléfonos.

Mejor llámeme a mí, directamente, le dije, a veces ellos están ocupados con otras cosas, y le anoté mi número en el reverso de una tarjeta.

Me fui de la vecindad sin siquiera asomarme por un hueco que tenía la ventana del frente. Lo que nos faltaba era que la casa de Macaria se convirtiera en un lugar de peregrinaciones para los narco satánicos. O que el responsable creyera que es buena idea ir a visitar a los muertos.

3 de marzo

Las fiestas en la Roma y la Narvarte parecían tener fecha de caducidad, atrapamos a un par de organizadores, dos adolescentes con cara de niños pero con los medios suficientes para querer hacerse respetar mediante su nuevo negocio, dirigido a otros adolescentes igual de imbéciles. El jefe dijo que ese tema se trataría en privado, esos apellidos no podían salir a la luz, pero ahora debía preocuparme por la circulación de los videos donde a las muchachas se les veía la cara. Ellas también eran hijas de personas importantes, si los videos llegaban a la prensa o se colaban en redes sociales, estábamos fritos.

Lo de Macaria, la bruja que encontraron en La Merced, sigue igual, comenté. El comandante solo levantó una ceja. El nuevo testimonio era algo sin importancia, más bien inventado, porque el hombre que vino a declarar creía que había una recompensa.

Okey, okey, X y Y se encargan de eso. Avíseme si los narco satánicos se aparecen otra vez y hacen lo mismo. Que yo sepa, todo está en orden, no ha habido otro, ¿verdad? Usted siga concentrándose en lo importante.

Sí, pero no hemos encontrado culpables.

¿Y qué espera, Romero? Nadie se va a entregar. Esa vieja puerca era bruja, hacía cochinadas, era satánica, vaya usted a saber a quiénes les trabajaba o les trabajó, si movía droga, no lo sé, teorías le puedo sacar muchas. No tenía a nadie y por eso nadie nos está presionando. Con lo que sí nos presionan es con los videítos de las escuinclas esas, la hija de un secretario sale en uno, mejor ocúpese de dar seguimiento. Cualquier cosa, de ese tema en específico, trátelo directamente conmigo.

Volví a soñar con Macaria, pero no era la anciana, sino otra mujer la que tenía el rostro carcomido por los gatos, unas bestias salvajes que mordían los cartílagos de sus orejas, la nariz, los labios, los ojos que aún no habían sido extirpados, y con una destreza distinta a la de cualquier animal querían arrancar el cabello negro. No era un cadáver, porque dejaba escapar una risa cada vez que los gatos le quitaban algo de carne. Yo estaba de pie frente a ella, sentía que alguien apretaba mi mano, otra mano más pequeña, pero no podía voltear a verla, porque mis ojos solo iban del cuerpo de la mujer a la pared llena de fotografías, santos y veladoras.

Antonio, hoy no quiero tomar la medicina, me dijo la delgada e infantil voz a mi lado antes de despertar.

15 de marzo

En este cuaderno he escrito cómo me sacudió la noticia del asesinato de Macaria. Estoy acostumbrado al horror, pero esto ha sido algo que me ha estremecido, ha despertado cosas que creí que ya ni siquiera me habitaban, y ha traído otra vez a mi vida el olor a podredumbre.

Luego de esa pesadilla, seguí investigando por mi cuenta. Pregunté entre los locatarios del Mercado de Sonora cuál era el puesto esotérico de Macaria, y varios me respondieron que no sabían, pero un par dijeron que ya no era de velas, sino solo de hierbas, flores y macetas. Hacía tiempo lo compraron, como yo ya sabía, y había cambiado de giro. El dueño actual era un florista que necesitaba más espacio, le había pagado de contado el puesto, y quizá con eso y su pensión se mantuvo durante la vejez trunca. De momento no encontraría mucho, así que regresé a la vecindad.

Volví a ver al hombre de la visita anterior, parado frente a la casa de Macaria, mirando las cintas que acordonaban el espacio. El vecino mandadero me había dicho que este no vivía en la vecindad, y no sé por qué imaginé que a pesar de ello conocía el interior de la casa, los altares, las paredes llenas de fotografías para amarres y trabajos de todo tipo, las veladoras y ofrendas antes de que la sangre de la bruja quedara esparcida por todas partes.

¿Usted la conoció? Lo tomé por sorpresa, de tan ensimismado que estaba viendo la puerta acordonada. Intentó caminar, pero el pasillo era muy reducido como para esquivarme. ¿Conoció a doña Macaria y por eso viene a visitarla?

No vengo a visitarla. Deme permiso, voy de salida.

No se preocupe, yo sí la conocí y sí vengo a visitarla. No creo que haya algo de malo en eso.

El hombre se iba a inclinar para recoger una mochila que estaba a un costado. La tomé antes de que pudiera hacerlo, la sostuve con una mano y con la otra le mostré mi placa.

¿Puedo ver el interior? Siempre quise hacer eso, presumirme como policía igual que en las películas. Estoy en la investigación por el asesinato.

¿Y su uniforme? Preguntó.

No necesito llevarlo, pero ahí está mi placa, por si duda. Le dije que conocía a Macaria, vengo de parte de la policía, ¿quiere ver más identificaciones? ¿Quiere verlas en la Procuraduría?

El hombre no contestó. Abrió el cierre de la mochila cuando se la di. En ese momento me fijé que le faltaba el dedo meñique de la mano derecha. Dentro había una playera, una botella de agua, un paraguas pequeño y un cuaderno nuevo. Nada que pudiera interesarme.

Con permiso, dijo, queriendo esquivarme para avanzar por el pasillo.

Aún no me dice de dónde conoce a Macaria.

Los que la conocieron no creo que tengan ganas de acordarse, señor, contestó. ¿Dónde están las ofrendas de sus vecinos? Ni siquiera tiene una veladora. Aquí no hay rastro de nadie.

Dejé que se fuera. Ya no me sentía con ánimos de seguir preguntando. Mi celular vibró dentro del bolsillo del pantalón. Era un mensaje de Daniela, me recordaba que a las ocho cortarían el pastel de cumpleaños de su hijo el más chico, me esperaban en su casa. Calculé que el hombre ya estuviera lejos de la vecindad y me fui. Llegué a Letrán Valle lo más rápido que pude, pero no cené, apenas conversé con mi hermana y mi cuñado. No quería estar ahí, me sentía mareado, era como si el olor de la muerte de

Macaria, me hubiera seguido desde la vecindad hasta el sur, instalado alrededor de mi nariz y boca, asfixiándome.

¿Has dormido bien estos días? Me preguntó Daniela cuando recogí mi chamarra para volver a casa. Te ves cansado, ojeroso.

Todavía investigo el asesinato de Macaria, la bruja. A mi hermana no le gustó escuchar eso. Hoy regresé a la vecindad. No sé si te acuerdas, pero…

Antonio, ¡ya! Olvídate de eso. Yo no me acuerdo de nada. Yo he hecho lo posible para olvidarme de cualquier cosa de esa época. Ya deja de buscar cosas donde no hay, pide que te asignen otro caso.

Parece que ya me la quitaron.

Entonces entiende que se acabó.

Daniela dio por terminada la conversación, me acompañó a la puerta y no se despidió. En cuanto estuve en mi casa me tumbé en la cama y dormí como hacía mucho no lo había conseguido. Dormí casi toda la noche. Desperté poco antes de las cinco de la mañana, la pesadilla me había esperado los últimos minutos antes de mi rutina habitual. La pesadilla más horrible de todas, o eso creí en aquel momento, no lo sé, como tampoco sé si será la última. En mi sueño estoy sentado frente a Macaria, una Macaria anciana y desdentada, la escucho hablar pero no puedo dejar de ver las veladoras, porque todas encienden y apagan la flama como jugando con el fuego, como las luces de los árboles de navidad; sus flamas iluminan las caras de los santos y las fotografías, las veladoras me hipnotizan y solo salgo de ese trance cuando la bruja dice que pronto el destino nos va a cambiar, las cosas mejorarán, pero siempre se necesita algo más, un pequeño sacrificio, algo diminuto pero importante, algo eterno, que debería acompañarnos toda la vida; el desprendimiento de unos siempre es el beneficio de otros, dice. Siento la mano pequeña entre la mía apretando una vez más para que yo la apriete de vuelta y haya menos miedo, pero el miedo no se va, porque en el sueño ya sé a lo que Macaria se refiere.

Salí de la oficina un par de horas antes, de civil, y fui de inmediato al Mercado de Sonora. Entré a dos o tres negocios en el pasillo cinco, bastante separados entre sí. En el primero compré unas veladoras de colores y un par de jabones, le pregunté a la encargada, una señora de unos sesenta años, si sabía que hacía poco habían asesinado a Macaria, una de las santeras más famosas, le dije que mi mamá la conoció y estaba muy impactada con la noticia. La mujer contestó de mala gana que no sabía nada, eran ciento veinte pesos, muchas gracias, y me echó del negocio. Avancé varios puestos y entré a otro, cuidándome de que la mujer anterior no me hubiera seguido con la mirada, e hice lo mismo con el encargado, un hombre que también rondaba los sesenta o setenta, todo vestido de blanco y con una larga barba canosa que finalizaba en una trenza. Compré una bolsa de inciensos y algunas hierbas, las que tuve al alcance o el nombre me remitía a algo, y este hombre sí se explayó:

Aquí vendió mucho tiempo, pero yo apenas la conocí, dijo, mientras cortaba los tallos de las hierbas secas. Ya era famosa, aunque trabajaba en su casa, se paraba por el puesto solo en las tardes a recoger la venta. Pero hay de brujas a brujas, joven, hasta tienen un código entre ellas; a Macaria le retiraron la palabra varias compañeras, sí, sobre todo mujeres, cuando se supo que sus trabajos ya eran más serios, no solo brujería blanca, ¿quiere que le ponga otros inciensos? Mire, estos son nacionales, igual huelen bien, purifican el ambiente. Le armo un paquete surtido, pues. También hacía magia negra, joven. Se sabía que pedía huesitos de los panteones, eso lo hacen muchos, o polvo de muerto, que también es material solicitado, pero cuando corrió el rumor, y ella luego lo confirmó, porque no le daba pena, de que sus trabajos los hacía con miembros amputados, que compraba partes, eso ya no les gustó a las compañeras. Macaria estaba jugando sucio.

¿Le entraba al saqueo en panteones y además amputaba, o cómo? Pregunté.

A ver, huela estos y me dice, estos se venden bien, purificación y serenidad, los llevan mucho para hacer meditación. Sí, joven, pero Macaria era mala. Aunque usted no me lo crea, hay límites en los trabajos que hacemos, y ella los pasó. Vaya usted a saber de dónde conseguía las dichosas partes, pero le voy a dar una pista: se juntaba con vagabundos, adictos, mujeres de la calle; ella tenía dinero para pagarles el vicio, y los vagabundos o las perdidas que se inyectaban e inhalaban todo el día tenían niños pequeños, sus miembros siempre son los más poderosos. Mire, son ciento quince, pero se lo dejo en cien, para que regrese.

Pagué y me fui, tenía que ir a La Merced. Si me había encontrado al mismo hombre dos veces parado frente a la puerta de Macaria, más o menos a esa hora, era probable que ese día o al siguiente volviera a verlo. La puerta de la vecindad estaba cerrada, y me tomó solo unos segundos darme cuenta de que siempre había estado abierta porque no tenía llave, la chapa se botaba tirando del cordón que jalé en ese momento para abrir. No había nadie frente a la casa de Macaria, ni extraños visitantes o alguna nueva huella, nada. De vuelta a la realidad, no había visitas porque esa mujer solo me interesaba a mí. Me quedaría vigilando desde afuera un par de horas o las que necesitara hasta que llegara el visitante, pero tuve un poco más de suerte y apareció otra persona. Detrás de mí entró la hermana del mandadero de Macaria, arrastrando su bastón y con un morral lleno de compra.

Buenas, joven. ¿Qué lo trae por aquí?

Buenas. Mire, señora, disculpe, ¿cómo es que se llama?

Rosa.

Sí, doña Rosa. Mire, ya van dos veces que vengo más o menos a esta hora y veo a un hombre en la puerta de Macaria, un tipo que ha de tener mi edad, delgado, con bigotito, lleva mochila; solo lo veo parado frente a la casa pero no me da la impresión de que viva en la vecindad. ¿Usted también lo ha visto? ¿Lo conoce?

No lo conozco, mi oficial, pero sí sé de quién me habla, igual me lo he encontrado de vez en cuando desde que mataron a Macaria, no diario, pero lo he visto; antes de eso no, nunca. De hecho, se fue ahoritita, antes de que usted llegara. Me imagino que usted que llegaba y él que se iba, aquí sobre esta misma calle, del lado de la vecindad.

No le di tiempo a Rosa de terminar. Salí casi corriendo, pero ya no estaba. Me senté en la esquina de San Ciprian y Olvera, desde la banqueta haría una llamada, y justo lo vi salir de unos abarrotes al otro lado de la calle, en contraesquina. Sacudió la cajetilla de cigarros, y antes de que sacara el primero, lo alcancé.

Para no conocer a Macaria ha ido mucho a la vecindad desde que la mataron, ¿no cree? Le dije, pero ya no vi sorpresa en su semblante.

Nunca dije que no la conocía.

Entonces va a tener que acompañarme hoy a declarar.

Yo no tengo nada que ver.

Pues por eso quiero que declare, porque no hemos tenido declaraciones de gente que se pare por casa de Macaria varias veces a la semana en, qué serán, dos meses o tres.

No tengo por qué ir.

Ya me pagaron, José, vámonos. El que habló fue un muchacho como de veinte años, flaco, con la mirada vidriosa, le faltaban un par de dientes al frente.

José, ahora sabía cómo se llamaba, le dio una palmada en la espalda y dieron la vuelta para caminar en dirección contraria a mí. No dijo nada y yo tampoco lo obligaría a permanecer ahí, ya habría tiempo para lo demás. El flaco ni siquiera se dio cuenta de que José estaba hablando conmigo, tal vez pensó que me acerqué a preguntar una dirección o pedir fuego. En cuanto me quitó la mirada y le hizo la señal de que cruzaran de una vez, vi que el otro chico tampoco tenía un dedo meñique.

20 de marzo

Tal vez esto sea lo que quede de mí: un cuaderno, varios cuadernos con mis pesadillas a lo largo de no sé cuánto tiempo. La forma en la que durante mi juventud quise borrar los recuerdos de los primeros años, pero regresé a ellos, volví al origen, hice cuanto pude para que me asignaran un barrio que presumía conocer porque pensé que cualquier vestigio del pasado ya no me haría daño, que eso estaba superado, pero no es cierto.

Todo lo que sucedió después ha formado parte de quien soy: la desaparición de mis padres, la abuela con la que tuvimos que pasar suficiente tiempo como para desear haber desaparecido con ellos, la negación, siempre una negación que me llevaba de un sitio a otro, hasta convertirme por gusto en policía, un oficio que mi abuela tachó de deshonroso y yo tomé porque me sumergiría en lo más sórdido del alma humana, pero no conseguí ser invulnerable a mi infancia. El asesinato de Macaria solo llegó para reafirmarme lo que ya sabía: uno nunca abandona sus primeros años.

La tarde que vi a José por última vez tuve migraña. Regresé a mi casa, apagué el celular y desconecté la línea de teléfono. Lo tenía prohibido, en la policía, al menos cuando sigues las instrucciones, hay cosas que no están permitidas y nunca se deben hacer, pero el dolor era igual a un taladro en cada sien, perforándome el cráneo y los pensamientos. Mi casa olía a Macaria, a su cuerpo agusanado y carcomido por animales salvajes, a la podredumbre de los huesos de panteón, la carne cercenada, la muerte en todo su apogeo. Me tomé un Tafil y una aspirina, me envolví la cabeza con una toalla húmeda y me acosté, esperando que hicieran efecto.

El sueño de esa noche no fue mejor que los anteriores, pero fue la pesadilla definitiva. Macaria era la vieja muerta que encontraron en el piso de su casa, sin orejas, con los labios agusanados y el cartílago de la nariz desprendido, las cuencas de los ojos vacías, la lengua morada, sentada en su mesa de consultas, con los altares llenos de fotografías, veladoras que se encendían y apagaban iluminando las caras de los santos, pero yo no los miraba en esa ocasión, sino que la miraba a ella, y la escuchaba hablar, como escuchaba hablar a mi abuela, sentada a mi lado.

Una cucharada antes de dormir, ¿verdad? ¿Hasta que se termine?

Sí, contestó Macaria. Hasta que se termine es seguro que va a hacer efecto. No tardarán en ver los resultados, sobre todo tú, pero es necesario que ellos lo tomen para que no sea algo de momento y la suerte los siga alcanzando.

Es un trabajo a largo plazo. Los pobres ya han pasado por mucho, pero todo va a mejorar. No hay sacrificio que no sea definitivo.

Eso espero, Macaria, por el bien de mis niños.

La mujer extendió sobre la mesa el frasco de cristal de más de un litro. La mano pequeña entre la mía apretó con más fuerza. Ella estaba aterrada, y apretó más fuerte cuando vio que dentro del frasco un dedo meñique infantil, como del tamaño del suyo, flotaba en medio de un mar amarillento.

Desperté casi a las diez de la mañana y me fui de inmediato a la oficina. Apenas llegué, el jefe mandó por mí.

Buenas tardes, Romero, dijo, sin levantar la vista de los documentos que firmaba. Desde las ocho hemos tratado de localizarlo, gracias a Dios se dignó a presentarse.

Fui a La Merced, el asunto de Macaria, la mujer a la…

Ese ya no es su asunto, Romero. Habíamos quedado en eso. El caso es de X y Y, a usted lo necesito ahora con más urgencia porque parece que lo de las fiestecitas no se ha terminado, y usted no me ha dado resultados.

Sí, comandante, pero mire, en cuanto a Macaria…

He dicho, Romero. X y Y, es asunto de ellos, repitió, y continuaba sin voltear a verme. Prepare un reporte de todo lo relevante acerca de las fiestecitas, parece que estos escuincles no aprendieron la lección y se cambiaron de zona, este fin de semana hubo dos, el mismo procedimiento, en la Nápoles. Vamos a trabajar con la policía de ahí.

Está bien, acepté, resignado. Con permiso, comandante.

Y arréglese bien el uniforme, Romero, no queremos que piensen que aquí solo trabajan mamarrachos.

En lugar de ir a mi cubículo y hacer el dichoso informe, fui a ver a X, porque a esa hora Y estaba de comisión. Encontré al policía bueno desayunando.

X, tengo novedades acerca de Macaria, la bruja de La Merced.

¿Novedades? Preguntó, con la boca a medio llenar. Aquí no ha llegado ninguna. Para bien, porque tampoco han replicado asesinatos así, y la verdad es que seguimos a tope.

Ya lo sé. Pero mira: fui a la vecindad, estaba por ahí y quise acercarme a ver si había algo extraño.

Acercarte. Ajá.

Bueno, estaba por ahí antes de que el comandante me dijera que los dejara a ustedes dos hacerse cargo. Fui por La Merced y para no hacerte más largo el cuento, sospecho de alguien. X dejó de masticar, se tragó lo que tenía en la boca y se incorporó. Hay un hombre que ha estado yendo a la casa de Macaria, se para en la puerta unos minutos, sin hacer nada más que mirar, pero los vecinos no lo conocen, no vive ahí. Tendrá treinta y dos, treinta y cinco años, delgado, moreno, cabello corto, bigote tipo Pedro Infante, siempre lleva mochila, le falta un dedo meñique. Se llama José. Después lo vi en la calle con un muchacho que tenía pinta de andar en la mona, ese tampoco tenía dedo meñique. No sé cómo estén operando ahorita las bandas que quedaron luego de desarticular a las grandes, si los reclutan y les cortan dedos, no lo sé, a lo mejor la nueva pandilla tiene ese rito de iniciación, pero eso me ha perturbado un poco, tal vez podamos investigar por ahí. No está de más averiguar la relación con Macaria, o si esos dos saben algo, podemos partir de eso.

¿Podemos? Preguntó X, haciéndose el antipático una vez más.

Pueden, tú y Y, yo ya estoy asignado otra vez a la investigación de las fiestas. Te paso el dato, no creo que les cueste trabajo identificarlos, pero con cautela, no vaya a ser que esto se salga de nuestras manos.

La banda de los sin dedo, dijo X, más para sí que como burla. Va. Cualquier cosa, te aviso.

Nunca quedaba satisfecho con esas respuestas, y jamás me equivocaba. Pasé el resto del día haciendo los reportes, no querían uno, sino dos, y una bitácora de la investigación sobre la distribución de los videos de las escuinclas; para eso debía coordinarme con personas fuera de mi radio. Terminé al filo de la madrugada, cayéndome de sueño porque no lograba asimilar la resaca que siempre me producía el Tafil. Esa noche dormí como ninguna otra, sin soñar. Una noche blanca y vacía, un regalo.

Los siguientes dos días fueron así: mi jefe me asignó más trabajo de oficina, armar expedientes de narcomenudistas, conseguir información sobre los proveedores de los escuincles de las fiestas, revisar que ningún apellido del gabinete de la ciudad estuviera a la vista de los periodistas, seguir de cerca a los sospechosos mayores de edad, rastrear fotografías o videos pornográficos de las adolescentes porque algunos ya se habían filtrado en redes, ver qué se nos estaba yendo de las manos e idear un plan, ir y venir de la oficina a otras dependencias, hablar con la policía cibernética, preguntar un par de cosas en la Nápoles, llegar a acuerdos con periodistas de a pie para que no filtraran más información, porque ya nos estaba cayendo encima el tema de las *escorts*, aunque sus fiestas eran de otra índole y le correspondía a la policía de aquella delegación, nada que tuviera que ver con la seguridad pública y pusiera en riesgo el ascenso y permanencia de mi jefe ante sus superiores era de menor importancia.

El infierno se abrió de nuevo cuando Y me buscó en mi cubículo.

Ya los tenemos, mano, me dijo. Gracias.

¿Tenemos qué?

A los asesinos de la bruja. Van a ser esos dos que señalaste.

¿Cómo que van a ser?

Los agarramos antier. Fue fácil identificarlos, por lo del dedo. Ellos van a ser, ya lo dijo el jefe.

A ver, a ver, no te entiendo.

Mira, Romero: no salió nada de información, nada. El jefe ya se estaba preocupando de que fueran los narco satánicos, a la prensa no se le había olvidado lo de la bruja, parece que llamaron aquí dos o tres veces, eso no te lo dijimos porque nosotros estábamos a cargo, pero andaban preguntando que qué pasó, que cómo iba el asunto, que si los narco satánicos, que si era un ajuste de cuentas con Tepito, que si los del Mercado de Sonora tenían miedo, que si La Merced andaba con precauciones, que la iglesia esto y lo otro con los satánicos. Sacaron una nota diciendo que el secretario de seguridad era un inepto y no podía resolver un pinche asesinato, y el comandante estaba furioso. Lo mejor era terminar, pero no salía nada. Agarramos a estos dos y ellos van a ser. Hicimos que confesaran. Ya confesaron, tardaron en hacerlo pero confesaron, tenemos lo que nos hace falta. Ahora eso ya pasa a otro lado. Tú no firmas los documentos, pero gracias, mano, eso ya quedó.

Salió de la oficina y tardé un par de minutos en asimilar que los habían hecho declarar a la fuerza. Los convirtieron en culpables cuando lo único necesario era un interrogatorio. Por como vi las cosas, esos dos pasarían buena parte de su vida, o toda, en la cárcel, refundidos en el reclusorio sin que nadie los defendiera. Estaba acostumbrado a cosas peores que esa, ya sabía de la tortura, era policía en la Ciudad de México, mi área de acción era la Cuauhtémoc y una parte de mí se había deshumanizado en los últimos años; presencié un par de golpizas brutales a testigos o personas que no tenían nada que ver y no me importaba, nosotros éramos el brazo fuerte de la ley, nada de eso me interesaba porque no tenía que ver conmigo ni con mi infancia, ninguno de los detenidos en la década que llevaba siendo policía me había producido un dolor en el pecho como José y el flaco.

Me tallé la cara una y otra vez, como un desesperado, porque eso había sido desde que mataron a Macaria y alguien abrió una llaga con la uña y escarbó hasta meter el dedo completamente y sacar toda la podredumbre que traía dentro, y por eso yo era quien apestaba a muerto durante las madrugadas, porque el que se tragó un jarabe con el miembro mutilado de un niño fui yo, al que le fue bien después de eso fue a mí, a costa de despojar a otro niño de algo que le hacía falta.

Por primera vez me solté a llorar en mi escritorio. Lloré, sollocé, Bertita me escuchó del otro lado de la puerta, se asomó pero no dijo nada, volvió a sentarse en su escritorio y fingió que hablaba por teléfono mientras yo me deshacía en mis remordimientos, porque si esos dos no tenían dedos no había sido su culpa, había sido culpa de mi maldita abuela, que pudo comprar la humanidad de alguien sin tanta suerte.

Ahora es la madrugada del 21 de marzo. Aquí en mi escritorio están un par de avances del asunto de las fiestas de los pinches escuincles, todo lo que encontré y la bitácora con la que iba a trabajar quedan en hojas sueltas y numeradas dentro del folder manila. Mañana no iré a la oficina, tampoco después. Mañana no estaré aquí, no podría.

Otra vez al llegar a la casa sentí el olor a muerte. No se fue cuando agarraron a José y al flaco, no había desaparecido porque ellos dos no son sus asesinos, y es probable que cargue con este olor enredado en mi cuello y tapándome la boca y la nariz a donde quiera que vaya. Eso comenzará a importarme cada vez menos, pero quiero estar lejos de aquí antes de empezar a volverme loco. Lejos del Mercado de Sonora, lejos de la vecindad en La Merced, de la tumba de mi abuela, de su pinche recuerdo a las nueve de la noche pidiéndonos que nos tomáramos el jarabe, que era por nuestro bien.

Daniela cerró el cuaderno. Era todo lo que decía. Lo puso junto a las demás cosas que le llevaron en cajas cuando encontraron a Antonio colgado de una viga dentro de su departamento en la colonia Asturias. Quería leerlo antes de comenzar con los trámites de defunción. Antonio era ateo, sería una falta de respeto pedir una misa en su memoria, pero la misa y el novenario eran lo correcto. En un par de semanas ella, su esposo y sus hijos también se mudarían muy lejos, y eso Antonio nunca lo supo, porque el ascenso de su esposo en la compañía fue casi de un día para el otro: el cambio de vida estaría en Austin, lejos de su primera infancia en el centro de la Ciudad de México, cuando la ciudad era tan distinta que hasta tenía otro nombre, pero Daniela ya se había encargado de eso, por fin había tenido el coraje de deshacerse del olor a podredumbre, y llevaba tres meses o poco más durmiendo en calma. Por primera vez en su vida conocía la tranquilidad, el sueño de los justos.

Fue a la cocina y sacó el frasco de detrás de las cajas de cereal nuevas. Quedaba poco líquido, debía servir las últimas cucharadas con cuidado, de lo contrario el dedo estorbaría al inclinar el frasco y derramaría los últimos mililitros antes de que ella pudiera verterlos en el agua fresca del almuerzo.

Lady Stardust

Había sido muy cuidadosa para que su tía no se diera cuenta de que en la mochila de mezclilla no llevaba tres cuadernos y dos libros, incluido el Atlas, que de tan grande se salía por las esquinas de arriba, sino dos mudas de ropa, el cepillo de dientes, un walkman y el alhajero que se ganó en la rifa del festival del día de la madre, al que nadie asistió para acompañarla, ni siquiera porque ella recitaría una poesía.

(Lupe se dio cuenta de que Margarita no había llegado a la casa porque a las ocho, casi nueve de la noche, el catre en el que dormía continuaba doblado en un rincón; la comida que guardaba en el refrigerador para que ella solo la calentara después de clases continuaba intacta. Nadie le avisó que Margarita había faltado a la escuela. En una primaria rural, donde cada quien se hace responsable de sí, no pasa nada si falta un alumno).

Se despidió de su tía Lupe a cuarto para las ocho, como todos los días, y se fue rumbo a la escuela, que no quedaba a más de seis o siete cuadras. Antes de llegar, se metió por una calle estrecha, la misma donde se habían visto un par de veces antes, cuando Sara averiguó en qué escuela estudiaba, a qué hora entraba y salía, quiénes eran sus amigas y si se iba con ellas por la mañana o se regresaban juntas a la salida. En ese rincón casi en el centro del pueblo habían quedado de acuerdo la vez pasada.

(Ángeles, Pedrito, Sagrario. A Margarita le gustaba juntarse con ellos porque eran hermanos y siempre le invitaban de lo que les ponían para desayunar, aunque fueran enfrijoladas o pastes; vivían en el pueblo de al lado, Miguel Hidalgo, y solo convivían con Margarita durante las clases, aunque ella les prometió que le pediría permiso a su tía Sara para ir a jugar a su casa cuando llegaran las vacaciones; prefería esperarse hasta julio o agosto que invitarlos a la suya, cerca de la escuela, porque ahí ni siquiera tenía un cuarto, una cama, nada. Los tres lloraron cuando vieron a Margarita, casi una semana después).

Nunca se había salido de clases, ¿para qué? En el pueblo no había nada que hacer y Lupe la condicionó a quedarse en casa a ver televisión o terminar su tarea antes de que ella llegara, a eso de las siete y fueran juntas a la Conasupo a comprar lo que hiciera falta para cenar o preparar el desayuno del día siguiente. A Lupe la habían jodido demasiado con endilgarle una hija que no era suya, pero tampoco la quería ver en un albergue del DIF en Pachuca, solo porque su hermano ya no estaba y su cuñada había dejado de existir para ellas. De existir para Lupe.

(Rodolfo se enteró de la noticia hasta que Lupe fue a visitarlo, descompuesta, avejentada, a diferencia de él, libre. A Rodolfo las novedades le llegaban solo cuando los demás querían y ya habían dejado de serlo, pero con lo de Margarita fue distinto, aún continuaba siendo novedad en el pueblo. Vivir con un desfase en el tiempo era parte del castigo. A Lupe le dieron permiso de hablar con él aunque no era día de visita porque quién le negaba ese derecho a una mujer enloquecida por la desesperación, que se hacía cargo de una niña que no era suya, no era de nadie).

Margarita no pidió ir a la playa, aunque tenía muchas ganas de conocer el mar, para eso habría tiempo, quizá toda la vida, y Sara ya había decidido hacia dónde fijar el rumbo, ya tenía una sorpresa que dejaría a Margarita con la boca abierta. Una sorpresa que no se esperaba, le había dicho. Luego de abrazarse, Sara le puso un suéter de otro color y tomaron el lado opuesto de la callejuela, que estaba despejada porque la campana de la primaria había sonado y los últimos alumnos corrieron, dejando vacías las calles alrededor. Un taxi las llevó directamente a Miguel Hidalgo, al centro del pueblo que estaba a no más de diez kilómetros, desde ahí salían casi todos los autobuses que conectaban esa parte de la sierra con otros pueblos y ciudades más grandes.

(El papá de Ángeles, Pedrito y Sagrario, trabajaba en el ayuntamiento de Miguel Hidalgo. ¿Había posibilidad de que se encontraran? Ninguna. Margarita solo lo vio una vez, cuando él hacía diligencias en Cerro Prieto y pasó por los niños a la escuela. Le hubiera gustado verlo, aunque sea de lejos. Le hubiera gustado que al menos una persona supiera que no era huérfana).

De Miguel Hidalgo a la Terminal México Norte eran cerca de tres horas. Margarita no sabía si darle el alhajero a su mamá de una vez, para que le platicara en el camión cómo había sido su festival o llegando a donde fuera que iban. Decidió esperar, también habría tiempo suficiente para hablar de lo importante.

(Lupe se sentó en una silla del comedor. Esperar a Margarita y darle el regaño que se merecía. Esperar a Margarita ahí sentada como si ella fuera a entrar mientras se frotaba las sienes por el coraje o prepararse algo de comer, que no había probado alimento desde el descanso en la maquiladora. Esperar a Margarita, abrazarla una vez que hubiera entrado y preguntarle dónde estaba, si quería unos huevos revueltos o que calentaran los pastes del refri).

Margarita apretó muy fuerte la mano de Sara. ¿Hacía cuánto tiempo no pasaba más de un par de minutos con su mamá? La última vez había una trabajadora social a un lado, solo les permitió abrazarse para despedirse, y lo más importante en ese cuarto eran unos documentos sobre la mesa, donde decía claro y con firmas de varias personas que Sara no tenía la capacidad para hacerse cargo de su hija. Cuando subieron al camión, Margarita se sentó del lado de la ventanilla. Con suerte, aquella sería la última vez que vería Miguel Hidalgo, las afueras de Cerro Prieto, donde había pasado el último año, la sierra hidalguense. Lamentaba no haberse despedido de Ángeles, Pedrito y Sagrario, pero estaba segura de que ellos entenderían.

(Lupe dejó la vigilancia furiosa y cenó, ya eran las diez y media y la molestia se fue transformando en angustia. A las once no había rastro de Margarita, era hora de ir a las casas de los vecinos a preguntar si la vieron llegar después de clases. Sabía que en el pueblo las mujeres se dormían temprano porque los horarios de entrada al trabajo eran inflexibles, pero con Margarita fuera de casa lo que menos le importaba era ser objeto de rencor entre sus vecinos.

Circulaban noticias sobre otras muchachas un poco mayores que Margarita, noticias atroces, que Lupe quiso sacar de su cabeza antes de que tomaran forma. Margarita tendría que estar en el catre descansando, pero a la media noche de ese día, en otro lugar, la realidad era distinta).

Margarita se acomodó en el costado de Sara, pasó su brazo libre por encima de ella y la abrazó. Quería preguntarle cómo era el lugar donde vivía, si ya había aprendido a andar en el metro y los micros, con quiénes estaba, si se metió a trabajar a una maquiladora como antes de casarse o había conseguido otro trabajo, quiénes eran sus amigas y qué hacía los domingos, pero sobre todo quería que le hablara de la ciudad, porque ella se sabía algunas direcciones que escuchaba en los programas, sabía dónde quedaban los estudios de televisión, el circo, las escuelas de actuación, las mueblerías, estaba familiarizada con algunas colonias solo por el nombre, pero nunca las había visto, nunca había salido más allá de Cerro Prieto y Miguel Hidalgo. No se acordaba del pueblo donde vivieron los tres hacía mucho tiempo, no se acordaba porque no quería, prefería saber de boca de Sara cómo era la ciudad más grande del mundo.

(En la escuela lo supieron al día siguiente, cuando Lupe ya había ido a decirle a la directora qué pasó. Esa misma noche ya era una búsqueda por todo el pueblo, y al tercer día la estación de radio de Miguel Hidalgo –si se le podía llamar así al módulo minúsculo en el ayuntamiento– transmitía cada hora una cápsula de búsqueda con las características de Margarita).

Tuvo una mejor idea. Sacó el walkman, giró un auricular con mucho cuidado para que no se desprendiera de la diadema y se lo dio a Sara, ella se colocó el otro. Solo llevaba un casete de los que conservaba en una caja que nadie más abría, pero con ese era suficiente. No se aburrirían, Sara había grabado canciones de la radio, era un casete variado, al que se le colaron algunos anuncios de Coca-Cola, el gobierno y el pronóstico del tiempo. *And lady stardust sang his songs... Of darkness and disgrace... grace...* Ahí la cinta siempre se atoraba, y Margarita sacó el casete para girarla con el meñique en los círculos dentados y continuar escuchando.

(Margarita no llegó a dormir, tampoco estuvo ahí a la mañana siguiente. Lupe no fue a trabajar. La maestra de quinto A les preguntó a Ángeles, Pedrito y Sagrario si Margarita les había contado algo sobre faltar a clases o salirse de su casa. No. Nadie sabía. Todos supieron después. Todo el pueblo se enteró casi una semana más tarde).

Se quedó dormida, despertó cuando Sara la movió para que comiera un sándwich de los que llevaba en la bolsa, aún faltaba una hora y necesitaría mucha energía para poderse desplazar por las entrañas de la ciudad, así lo describió Sara, le dijo que se sumergirían y andarían por las entrañas de la ciudad como si fuera un monstruo que se las tragó y ellas un par de exploradoras. Estaban a muchos kilómetros de su destino, pero nunca dejó de ver a través de la ventana cómo todo estaba cubierto por casas con paredes sin pintar, anuncios espectaculares, bardas con nombres de artistas en ferias, puentes solitarios encima de la carretera, cada vez más autos.

(Los comerciales de Canal Cinco al servicio de la comunidad se repetían una y otra vez las tardes en que la televisión era su única compañía, tanto que Margarita ya se sabía los nombres de algunos niños perdidos, el lugar de origen y el tiempo que llevaban extraviados. Cuando Ángeles, Pedrito y Sagrario se enteraron, creyeron que

Margarita saldría a nivel nacional esa misma tarde. Sería un personaje en esa historia).

En la Terminal Norte había más gente de la que Margarita hubiera visto reunida antes, que no fuese en una fiesta del pueblo o la visita de alguien importante a Cerro Prieto. ¿Sería así todos los días? Sara le dijo que no la soltara, porque el mar de gente la podría arrastrar y hacer que se perdiera, entonces nunca se volverían a encontrar, porque la ciudad también era eso, el lugar a donde la gente va para perderse. Podían ir a su destino en el micro de esa ruta que pasaba por la terminal, pero Sara prefería ir en metro, aunque transbordaran, porque Margarita jamás había visto algo así.

(No tenía otros amigos, a los diez años ni siquiera pensaba en un novio, su mamá no estaba en condiciones de criarla y tampoco sabían si seguía en la sierra o se había mudado, su papá no pudo mandar por ella, no tenía sentido, porque aunque Lupe no la llevara a visitarlo por la impresión que siempre causa ir a esos lugares y para mantenerla alejada de las revisiones de los custodios ahora que estaba por convertirse en señorita, Rodolfo sabía que su hermana la tenía bien atendida y Margarita podía crecer a salvo. Todo eso era importante, dijo la directora, pero tenían que esperar un día más para reportarla ante las autoridades como desaparecida. Margarita se había esfumado, lo sabían Lupe, los niños de la escuela, las mamás, las vecinas, todos los del pueblo que no podían hacer nada más que salir a tocar puerta por puerta).

No se acordaba del nombre del circo, eso era lo de menos, porque lo reconocía por el comercial como Buenavista, Buenavista, Buenavista. No se veía igual que en la televisión, tenía las carpas roídas, descoloridas, y Margarita recorrió con los ojos la decadencia que tenía frente a ella, para compararla un poco con el recuerdo de los comerciales. Desde que cruzaron una reja trasera gracias al manojo de llaves que Sara llevaba anudado a una credencial con su fotografía, que la acreditaba como parte de un equipo de fumigadores, el olor a caca y orín de animales hizo que Margarita tuviera que taparse la nariz. La realidad olía a desechos, se veía triste, pero ya no era un sueño entre programa y programa.

(Lupe, un par de vecinas y otras mujeres de la maquiladora salieron a recorrer Cerro Prieto en bicicleta. En un pueblo de dos mil quinientos habitantes, cualquier cosa fuera de lo común llamaba la atención, y antes de que finalizara el primer día de búsqueda, se había esparcido la noticia de que una niña desapareció, que a lo mejor regresaron los robachicos, que las mujeres que estaban siendo secuestradas al salir de sus trabajos no eran las únicas víctimas, porque una niña de diez años puede oponer menor resistencia. Estos no son pueblos para tener hijos, dijo una vecina cuando terminaron el último recorrido en bicicleta. La segunda noche que Margarita pasó fuera de casa, una amiga de Lupe fue a decirle que su tío, el taxista, subió a una mujer y una niña muy temprano, como a las ocho, para darles servicio a la terminal de Miguel Hidalgo. La niña llevaba una mochila de mezclilla con flores bordadas).

A esa hora no había nadie en el circo, toda la semana estarían fumigando y solo se quedaron los cuidadores de los animales. Acróbatas, payasos, magos, todo mundo estaría fuera cinco días. La oscuridad dentro de la carpa no era absoluta, varias luces permanecían encendidas. Margarita miró a detalle hasta donde la vista le permitía distinguir durante un par de minutos, un circo sin iluminación ni personas, en silencio, era irreconocible. Sara recordaba como un mantra a Margarita repitiendo Buenavista, Buenavista, Buenavista, cuando los tres vivían juntos. Un comercial es todo lo que se sabe de una ciudad. Treinta segundos con la voz de un locutor anunciando espectáculos es todo lo que queda de un hogar. Buenavista, Buenavista, Buenavista. Los leotardos brillantes. Un escenario circular. Margarita siempre quiso volar.

(La mujer del noticiero dio la noticia cinco días después de la desaparición, con su voz pausada, cándida, firme, con la rosa pálida en su escritorio, que suavizaba cualquier detalle terrible. «La niña que quiso volar». Así la llamó ella antes de decir su nombre y los datos de lo que llamaron un rapto y no un reencuentro, eso fue lo que escucharon Ángeles, Pedrito y Sagrario mientras comían con su mamá, y al mismo tiempo en otra casa Lupe también lo escuchó, la vio en televisión y gritó, como habrán gritado otras mujeres en Cerro Prieto a la misma hora, con el corazón estrujado. «La niña que quiso volar» fue el encabezado en el periódico, y así nombraron a Margarita durante un homenaje en la escuela).

Ruinas

Abandoné una costa, la curva por donde México saluda al Atlántico, para llegar al epicentro de las tragedias, de la mía. Para mí la Ciudad de México era una mole de concreto, sucia, ruidosa, a la que fui algunas veces cuando era joven y había cosas en las que creía, esas causas que el tiempo y la realidad fueron diluyendo para hacerlas quejas silenciosas. Faltaban días para que comenzara el otoño pero el frío hostil llegó antes, como había dicho mi compañera de asiento en el autobús que nos dejó en la terminal Tapo. No tardarían en agrietárseme los labios, dejaría extinguirse la película de sudor fina y transparente que tengo en la piel desde hace décadas, cuando hice de una playa mi hogar, el de mi hija, quien también tuvo el brillo aperlado del calor en su rostro infantil, en su rostro de mujer, un ligero brillo que llevaría a todas partes, y yo continuaba viendo en sueños.

A través de la ventana del taxi observé una ciudad que no recordaba, una de arquitecturas imposibles y toldos cubriendo calles, personas que avanzaban en hordas, autómatas.

–¿De dónde nos visita? –preguntó el taxista.

–Tuxpan.

–Tuxpan. Bonito, Tuxpan. Ahí pasé mi luna de miel, hace, ¿qué le digo? Veintiséis años. –No tenía nada que responderle, pero él continuó–. ¿Y baila danzón? En Tuxpan se baila mucho danzón.

–No. No bailo.

–Bueno, pues me dijo que la lleve por el metro Balderas, y si no es mucha indiscreción, veo que trae maleta. Si se va a quedar varios días por acá, dese la vuelta a la explanada ahí afuera del metro, los sábados bailan danzón, se pone muy bien. A lo mejor ve a las parejas y se anima.

–Gracias, voy a recordarlo.

–Por cierto, le dejo mi tarjeta para que me llame si necesita taxista local. Soy de confianza, trabajo para la Tapo pero también particular, hasta tengo referencias, si quiere verlas –dijo, y sacó de la guantera algunas hojas a modo de currículum mientras esperábamos el cambio de luz en el semáforo.

–Gracias, yo le llamo.

Pensé que faltaba mucho más camino para llegar, pero él comenzó a ir más lento, enfocando los números de las viviendas hasta que se estacionó y me ayudó a bajar mi pequeña maleta antes de pagarle. El edificio frente al que estaba era igual a como me lo imaginé, una construcción que vio sus mejores años hacía medio siglo, y ahora se alquilaba por partes, como un animal desmembrado al que se le saca provecho desde lo básico hasta lo inusual; el otrora color blanco de sus paredes ya era una la base sobre la que se acumulaban la suciedad del ambiente, afiches de bailes populares y eventos de la colonia, publicidad de casas de empeño. El tipo de edificios que fascinaban a Paulina por mostrar altivos su decadencia sentimental. El anuncio de *Rento habitaciones amuebladas. Informes aquí* era un rótulo viejo que la dueña mantenía desde quién sabe cuándo, y no me quedó duda de que estaba en el lugar correcto. Toqué el timbre, dije quién era, y la puerta metálica de la entrada principal se abrió. Debía ir al tercer piso.

La escalera de hierro en forma de espiral era la columna vertebral de la construcción, un edificio enorme que estaba dividido en dos por cada piso: de un lado los aposentos de un dueño, y enfrente, los aposentos de otro. Cinco pisos funcionales y una planta baja, fragmentada en una farmacia, una casa de empeño y cambio, una tienda de celulares y una de periódicos y revistas.

Reconocer la puerta que debía tocar fue sencillo: número 301. Del otro lado de la escalera había cuatro puertas pequeñas con identificadores, supuse que eran despachos o consultorios. El hemisferio derecho de ese piso había sido alcanzado por la modernidad y dio paso a oficinas y lugares de trabajo, en el izquierdo solo estaba el departamento 301. Dejé mi maleta pequeña en el suelo y me asomé hacia arriba y abajo por la espiral de la escalera antes de tocar. El desgaste del pasamanos de hierro me reveló que la estructura seguía siendo la misma desde que fue concebida.

Presioné el timbre dos veces, tras el sonido a modo de chicharra me abrió una mujer mayor que yo por unos veinte años. Me invitó a pasar, y aunque la casa olía a café y la salsa de alguna comida recién hervida, por dentro era igual de fría que toda la ciudad.

–Gracias por recibirme –le dije apenas me senté.

–Ni un número de teléfono tuyo, ya nadie apunta esas cosas, la policía tampoco quiso dármelo, a los amigos no los volví a ver, pero Paulina, en cambio, enviaba cartas. Aquí el milagro fue que recibieras la mía y estuvieras dispuesta a venir. Lo más cómodo hubiera sido que te enviara las cosas.

–Siempre recibí las de ella, pero no quise venir a buscarla o insistirle. Ahora estoy aquí.

Nos interrumpió el silbido de una tetera justo cuando Isabel asintió. Se levantó y fue a la cocina, volvió con una taza de café y una de té de limón. Tomé la de café.

–Tu habitación, donde estuvo Paulina, está lista, por si deseas instalarte de una vez.

–¿Cuántas personas hay ahora en la casa?

–Dos. Otra chica y yo. A ella no la verás mucho, trabaja todo el día bastante lejos de aquí, se va muy temprano y regresa por la noche. Hay cinco cuartos y el mío, pero los demás están desocupados.

Mi maleta no pesaba, aun así Isabel insistió en ayudarme a llevarla a la habitación. Mientras me mostraba el interior, me habló del edificio: su papá había sido comerciante toda su vida, hizo una pequeña fortuna que malgastó, pero antes de eso construyó ese inmueble que dejaría como herencia a sus dos hijos, el hermano de Isabel, que falleció hacía más de diez años, y ella. Un edificio gemelo con igual cantidad de metros cuadrados en cada hemisferio; el único hijo de su hermano había fragmentado los cinco pisos de su hemisferio para vivir de rentas.

–Yo también vivo de rentas, como puedes ver, pero mis ingresos son menos. Lo bueno es que nada de eso me preocupa.

La habitación era grande, con baño, la cama, un escritorio y un ropero de madera. La ventana daba hacia una calle que tal vez tendría tráfico todo el tiempo. Reconocí algunos edificios y el color de las construcciones de afuera por las fotografías que Paulina me envió a modo de postales. Esa era la ciudad que ella miró desde el mismo espacio donde yo estaba ahora. Esa fue la vista de mi hija antes de desaparecer.

Paulina siempre dijo que mi casa a la orilla de la playa en Tuxpan parecía una residencia para jubilados, uno podía vivir y morir ahí con la quietud del mar al que a mí solo me gustaba mirar de lejos, con los pies enterrados en la arena. Convertimos la casa en eso, un espacio para visitantes ocasionales que iban y venían dejándonos el dinero suficiente para llevar una vida tranquila. La casa en la que Paulina aprendió a tomar fotografías junto a su papá, la que dejó para irse a estudiar la preparatoria y la universidad, a la que regresó con más frecuencia cuando su padre murió y ella pensó que yo necesitaría tenerla cerca; la casa en la que se enamoró de Javier cuando recibíamos huéspedes que esperaban ver un mar en calma al otro lado de la ventana; la casa que Paulina abandonó para irse con él.

Esa casa con la vista al golfo se quedó tanto en el pecho de Paulina, que cuando se mudaron a Tijuana intentaba ir a caminar a la playa cada vez que podía, incluso en los días de frío, y nunca dejó de enviarme sus fotografías como postales. Abandonó un océano para instalarse cerca de otro, después se perdió en tierra de nadie. Mi hija desapareció unos meses antes de mi regreso a la ciudad desconocida. El día que bajé por segunda vez en la terminal Tapo para ir a casa de Isabel ella cumplía seis meses, tres semanas y dos días desaparecida. El infierno se había abierto debajo de mis pies casi doscientos días atrás, sin que yo lo supiera hasta algunas semanas después de la última vez que la vieron, cuando oficialmente se perdió su rastro. Paulina viajó a la Ciudad de México por Javier, que retomó la investigación y las huellas de un colega periodista del que nadie sabía nada, que también estuvo ahí para investigar el paradero de otras mujeres. Yo llegué por lo que quedó de Paulina en ese edificio, y tal vez con eso se terminaban los eslabones, porque nadie iría por mí, no había nadie siguiendo mi rastro. Mi Todo ya había desaparecido. A mi Todo me lo llevé a casa algunos meses antes.

La caja que Isabel dejó sobre el escritorio era mediana: dentro había dos vestidos que Paulina jamás estrenó, aún tenían las etiquetas, fotografías de las calles del centro, mujeres captadas por su lente mientras vendían pulseras y llaveros, niños con uniforme escolar tomados de una mano por algún adulto y con la otra sujetando un dulce, sobres tamaño media carta que nunca fueron usados y eran los mismos en los que me mandó varias fotografías a modo de postales: *«Saludos, mamá». «Nos veremos pronto, mamá, en tu orilla o si decides acompañarme en el valle». «Que esta calle no me olvide. Mamá, no dejes de quererme»*. El sobre con mi nombre y dirección que Isabel encontró y utilizó para contactarme seguía ahí, ¿qué fotografía había planeado enviarme Paulina? Solo fotos, pulseras tejidas que debió comprar en el mercado de artesanías, *flyers* de promociones en restaurantes, cuadernos con bocetos de fachadas porque comenzaba a dibujar con carboncillo, boletos para eventos culturales gratuitos, la memoria de mi hija durante su paso por la ciudad. Las piezas de una desaparición, el preámbulo de esos doscientos días de horror y orfandad a la inversa.

Veía el rastro de Paulina, la cotidianidad de su búsqueda inútil, porque con su desaparición aparecieron los dos, ella y Javier, de una forma terrible y dolorosa. Creí que mi vida se había terminado cuando me enteré de que nadie sabía nada de Paulina y apenas me avisaban. Así debió ser cuando ella dejó de saber de Javier, y no me imagino a la madre de él cuando le llegó la mala noticia, cuando tuvo la certeza de la segunda, la peor; cuando encontraron a su hijo junto a la mía, todavía tomados de la mano porque el tiro de gracia se los llevó al mismo tiempo. El hachazo en la nuca que sentí cuando me lo confirmaron debe ser similar en todas.

Un ruido afuera interrumpió mis pensamientos. Me asomé por la ventana, en la calle un nutrido grupo de gente salía de otro edificio cargando coronas de flores, después subieron un féretro a la carroza estacionada y salieron más personas con más coronas. Pensé que eso ya no era posible en la ciudad, donde cada muerto es velado en cuartos que no les pertenecen, pero el centro también era eso: el desfile de sus muertos.

–Ya lo decidió, mamá. Dice que tiene que ir, no quiere dejar a medias un rastro importante.

Paulina fue a mi casa un día, después de que Javier le anunciara que necesitaba ir a la Ciudad de México y quedarse en los alrededores, sin confirmarle el lugar exacto ni por cuánto tiempo. Paulina tomó un vuelo para atravesar medio país y unas cuantas horas por carretera hasta llegar a mí. Apareció con su mochila a la espalda, con el pretexto de que tenía varios días libres y un buen pago en dólares recién cobrado, y a los dos minutos ya estaba recostada en mi regazo, siempre se acomodaba ahí para que yo le hiciera trencitas como cuando era niña. Las trencitas de alguien que va por primera vez al mar. Decía que de todos modos esperaría a Javier en Tijuana, como él le había pedido, mientras abarcaba una ruta entre la Ciudad de México y un par de estados a la redonda.

–Lo que está haciendo es tratar de apagar un incendio con las manos. Ninguno de ellos puede salvar algo que lleva años quemándose.

Paulina nunca tomaba en cuenta sugerencias, y era incapaz de obedecer peticiones. En lugar de quedarse en Tijuana y continuar con un proyecto de fotografía del otro lado de la frontera volvió a la Ciudad de México para estar más cerca de Javier o de alguno de sus colegas imposibles de rastrear. Le hizo llegar su dirección y él contestó que apenas pudiera iría por ella para regresar juntos a casa, que lo esperara dos semanas más y no se moviera de ahí. Cuando me llamó para avisarme que pasaría un mes en la Ciudad de México, con el pretexto de unas vacaciones creativas pero en realidad esperando que el plazo se cumpliera fue la última vez que escuché su voz. Intuí que ella no respetaría ese periodo, sino que saldría a buscarlo cuando tuviera certeza de su paradero.

Cincuenta y cinco años de vida y supe del dolor hasta entonces, cuando dos compañeros de Javier en la Ciudad de México me contactaron semanas después para darme la noticia: habían dado parte a la policía desde que ellos dejaron de recibir llamadas o mensajes de Paulina, estaba desaparecida igual que Javier. Comenzaron a investigar, pero del mismo modo que Isabel, ellos no sabían de mí, de mi casa en Tuxpan, y todo se hizo sin que yo supiera, hasta que rastrearon por un lado y por el otro y encontraron mi número. Apenas me enteré, tomé el primer camión a la terminal Tapo, uno de los colegas periodistas de Javier fue por mí y el hachazo cayó sobre mí unos días después, cuando hallaron a Paulina y Javier. Mi Paulina. Mi Todo.

Cuando la gente terminó de salir con sus coronas de flores y se subieron a los demás coches estacionados para seguir la carroza, salí de la habitación de Paulina. Debía ponerme de acuerdo con Isabel para pagarle los dos días que pretendía pasar en la ciudad.

–No es nada –contestó–. Quédate el tiempo que necesites. El cuarto de Paulina es tu cuarto.

La última cama de mi hija sería el lugar de mis sueños blancos, porque desde que desapareció, desde que la encontraron no tenía sueños, ni pesadillas, no tenía nada.

Uno de los sobres amarillos dentro de la caja guardaba fotografías de una niña de ocho o nueve años: morena, cabello largo suelto, dientes grandes, sonriendo hacia la cámara. La ropa sencilla y sucia, los huaraches de plástico, una niña repetida en varias fotos, la única que miraba a la cámara, la única que posó para Paulina.

–¿Qué lugar es este? –le pregunté a Isabel al día siguiente de mi llegada, mostrándole la fotografía.

–La parroquia de Nuestra Señora de la Merced –respondió–. Está bastante cerca, a un par de cuadras de aquí.

–¿A Paulina le gustaba ir? Hay varias fotografías de este lugar.

–Paulina vivió aquí unas semanas, pero, igual que la muchacha del otro cuarto a la que aún no has visto, era como un fantasma. Hablaba poco, entraba, salía, no decía adónde. Por eso no supe de ti, ni de Javier, qué hacía o a quiénes veía, hasta que sus compañeros vinieron para decirme que estaba desaparecida.

Mi hija siempre fue ese fantasma.

Apenas lo supe, fui a la iglesia. Me la imaginaba distinta, no minúscula y casi confinada en una esquina llena de microbuses, gente, ruido. La plazoleta de junto también desbordaba personas que iban y venían haciendo trámites burocráticos, hombres con traje, vendedores ambulantes, niños. Cuando el sol se ocultó por completo y comenzó a soplar el aire entré y me senté en una de las últimas bancas. No creo en Dios, no tenía nada que pedirle porque lo único que me interesaba ya no estaba cerca, y si llegué ahí no fue por fe en un dios que nunca ha existido en mi mundo, sino por la esperanza de que Paulina hubiera dejado un rastro, algo para mí. No me olvides, mamá, no me olvides.

Seguí mi marcha, observé a quienes estaban en la plazoleta afuera del registro civil, me asomé a un par de establecimientos como lo que era, una mujer que busca a alguien, pero ahí no había mucho que hacer y el inusual aire de la ciudad volvía a soplar, recordándome que yo no pertenecía a esas calles. Llevaba las fotografías de la niña en mi bolso, dentro del sobre amarillo, pero no las sacaría, no iría de negocio en negocio preguntando si conocían a una niña de ocho años que vende pulseras, porque de eso está lleno el centro de la Ciudad de México, mujeres con sus hijos, pidiendo dinero, vendiendo cosas, ofreciendo servicios, ignorados por todos, menos por Paulina, que fotografió a la niña, y ahora tengo su hermosa sonrisa repetida en múltiples fotos a un costado de mi pecho.

–¿Estás sola en esta parte del edificio? –pregunté a Isabel, cuando me ofreció una taza de té al volver por la noche–. Me refiero a que si nadie vive en los demás pisos.

–Sola, sí, con la chica de la otra habitación. Los demás pisos se han ido clausurando, en este lado nadie más vive y no tengo intención de que así sea. Rento los cuartos porque tampoco podría estar encapsulada en un lugar sin ruido, imagínate, en el corazón de esta calle aquí en el centro y que solo se escuche mi tetera. Cruzando la escalera la vida sigue, hay consultorios, despachos de abogados, dos pisos que fueron acondicionados para que la gente venga a trabajar en sus computadoras, no sé cómo le dicen ahora, pero yo no quise esos cambios en mi lado. Cuando me muera, mi piso también se cerrará, hasta que llegue alguien con documentos para convertir todo el edificio en un hotel o mi sobrino vea la manera de sacar esto del intesto, porque no pienso poner su nombre en las escrituras. Quiero quedarme con el pedacito de ciudad en la que viví con mis papás y mi hermano, aunque eso solo esté en el interior del edificio.

Mi casa en la playa de Tuxpan también pasará a ser una fábrica, un hotel, un fraccionamiento con nueva clase media alta, en el mejor de los casos, no lo sé. Era la casa que Paulina nunca quiso porque los planes de ella y Javier eran otros, y decidió que solo podía regresar de vez en cuando para acostarse sobre mi regazo. Que la casa se convierta en lo que deba ser, yo ya no estaré ahí para verlo. Ahora eso no me importa, y en unos años mucho menos.

No me fui de inmediato a la habitación de Paulina. Vi las llaves de la casa colgadas junto a la puerta y tomé la que tenía escrito azotea sobre un pedacito de cinta. Subí los pisos restantes por la escalera hasta llegar a una reja pequeña, la abrí, luego la puerta que daba al exterior. El techo pintado de rojo, los tanques de gas y agua de todo el edificio, nada fuera de lo común. Había una silla tejida justo al filo del pretil del techo, con la vista hacia otros edificios, pero tampoco se alcanzaba a ver más allá de ventanas ajenas. Me senté, acomodé la espalda y percibí a través de la ropa el tejido plástico de la silla playera, cerré los ojos y escuché la ciudad. Cerré los ojos y pensé en mi hija.

Antes de entrar de nuevo al edificio, vi en la pared junto a la puerta de la azotea *P y J* tallado con letras mayúsculas.

Gracias, pensé.

Le dije a Isabel que estaría un par de días más. Compré unas blusas y una falda en una de las tiendas del centro. Mi rutina era la misma: iba a la iglesia por la mañana, me sentaba en las últimas bancas a la hora de la misa, y salía con el resto de la gente, cuando los niños que vendían dulces y artesanías se amontonaban para tener clientes. El escrutinio duraba pocos minutos, la ubicación de la iglesia no era nada favorecedora, y poco a poco quedaban menos personas. Después caminaba por la plazoleta de al lado y las calles cercanas, sin un rumbo predeterminado; regresaba a la iglesia para la misa de la tarde, seguía buscando el rostro de la niña de Paulina, pero ninguno de esos primeros días di con ella.

La aparición fue al cuarto día por la mañana. Había decidido ir por última vez a la iglesia, quizá porque era el único lugar que más o menos conocía y porque desplazarse por ahí como una loca que no sabe a dónde ir no le causaría extrañeza a nadie. Me despediría de Isabel esa noche y tomaría el camión nocturno de regreso a Tuxpan. Como siempre, me senté en un arriate de concreto de la plazoleta, vi a los que llegaban a misa, la mayoría eran mujeres acompañadas de sus hijas; recordé que Paulina y yo nunca tuvimos esa experiencia, jamás fuimos a misa. Pensé en mi hija, como había hecho cada instante desde que nació, pensé en mi hija y fue entonces cuando la niña de cabello largo y sonrisa enorme apareció. Ni siquiera pude hablarle, apenas cruzamos miradas se echó a correr con la tablilla forrada en la que exhibía sus pulseras tejidas. Quise ir detrás de ella, me abrí paso en medio de la gente, la niña cruzó la avenida de dos carriles, se le cayó la tablilla y la recogió deprisa, siguió corriendo por calles que ya me eran familiares, pero me aventajaba por la destreza que posee alguien de su edad, que conoce cada callejón de memoria. Avanzó por la calle Revillagigedo y dobló por Manuel Márquez, donde la perdí completamente de vista.

Me quedé entre la multitud de coches y transeúntes, que parecían terminar la hora de la comida y reanudar con pasos perezosos el trabajo en oficinas. Todo aquel día seguí caminando por la misma zona, hasta que los pies dejaron de responderme y solo hicieron caso a su propio dolor por el tiempo andando. Volví a la casa, tomé un baño y por primera vez desde que llegué a la ciudad, me tumbé en la cama a llorar. Las sábanas no olían a mi hija, nada en esa casa preservaba sus últimos días y yo había viajado desde Tuxpan por una caja con cosas que tampoco guardaban su olor, que parecían no importarle a nadie porque no se las llevó la policía cuando por fin la encontraron ni las recogieron los amigos de Javier para dármelas cuando me acompañaron de regreso a la terminal.

Estuve así hasta quedarme dormida. Ni siquiera el sueño podía llevarme de regreso al mismo lugar que Paulina.

El quinto día de mi peregrinación hice lo mismo. Estuve afuera de la iglesia viendo a los que iban a misa de nueve de la mañana, a los de las doce del día; caminé por los mismos lugares, me alejé de la plazoleta del registro civil y seguí caminando hacia la Alameda, donde me quedé por un rato. Cuando el viento casi otoñal comenzó a soplar más fuerte y en el ambiente se sentía el presagio de la lluvia, regresé sobre mis pasos y me detuve frente a la iglesia de todos los días. La niña de cabello largo no volvió a aparecer. Era inútil seguir el rastro de una sospecha que tal vez no tenía nada que ver con Paulina, solo la casualidad o los diez pesos que mi hija debió darle para dejarse fotografiar.

Regresé a la casa de Isabel, conocí a la chica que vivía ahí y nunca había visto. Se presentó con un nombre que no recuerdo y se fue a su cuarto, se le hacía tarde para salir con alguien que explicó quién era y no retuve en la mente.

–Siempre es lo mismo –comentó Isabel–. Los jóvenes, así son los jóvenes.

–Isabel, quiero darte las gracias por todo. Mañana por la noche regreso a mi casa. Han sido demasiados días, fue tiempo suficiente.

–Regresa a este edificio en ruinas cuando quieras. Descansa hoy y mañana nos despedimos.

Así sería. Dos mujeres en ruinas diciéndose adiós.

El sábado amaneció un poco más frío. Había pronóstico de lluvia y durante la madrugada el ambiente heló, pero eso era lo de menos, había mucha más gente en la calle. La euforia recorría el centro. Fui por última vez a la iglesia como ritual de despedida. Abandoné la plazoleta después de la última campanada que anunciaba la misa, llamé desde el celular al taxista que me dejó en el edificio de Isabel para que pasara por mí en la noche y me llevara a la terminal.

–¿Ya fue a ver a los que bailan danzón?

–No sé si tenga tiempo. Nos vemos en la noche.

–Hasta entonces, señora.

Colgué. Un grupo de niños con su mercancía en los brazos pasó cerca de mí para cruzar la avenida frente a la iglesia. Fui detrás de ellos, sin esperanza de volver a ver a la niña, solo con la intención de seguirlos. Caminé a una distancia prudente sobre Luis Moya, tratando de no perderlos de vista entre las hordas que salían de una calle y se internaban en otra. Quería pensar en los pasos de Paulina, imaginar si esa también fue su ruta y en un acto de iluminación reconocí una barda pintada con grafitis, era la misma fotografía que me envió una vez, tomada frente a un café que visitaba para comer y hacer dibujos al carboncillo. A mi Paulina no le diría adiós, mi adiós de esa tarde era para el centro de la ciudad, que también me despedía. Ese sábado eran ya siete meses sin ella, como los siete que pasó dentro de mí hasta hartarse de mi cuerpo y salir antes del tiempo establecido por la naturaleza. Siete meses conmigo, ahora siete meses sin ella.

Cuando desembocamos en la avenida Juárez un tropel de gente hizo que perdiera de vista a los niños vendedores.

No me quedó más que cruzar a la Alameda y sentarme ahí. Tenía frío. Cerré los ojos y así estuve, conteniendo la inexplicable ausencia de calor en mi cuerpo que marcaba mis días desde que bajé en la terminal Tapo. Los abrí cuando sentí un pequeño cuerpo sentarse a mi lado en la banca. La niña de cabello largo se acomodó en silencio, no me volteó a ver mientras colocaba su tabla de pulseras tejidas a un costado de ella, tomó la que decía Irasema y me la amarró en la mano derecha, sin decir una palabra. Delante de nosotras había varias parejas vestidas de gala, ahí también bailaban danzón.

La niña puso su cabeza en mi regazo. Sin dejar de ver hacia el frente, habló con una dulce voz que escuché todos los días veinte años antes:

–Hazme las trencitas de alguien que va por primera vez al mar.

Una grieta en la noche

Mi mamá creció viendo luces en el cielo, en la época en que las estrellas ya no brillaban encima del Valle de México, o lo hacían demasiado lejos, tanto que su resplandor se mantenía oculto. De niña, ella y mi tío Marco ayudaban a mis abuelos en el taller de pirotecnia: a mi mamá le gustaban las bengalas, las chispitas, los cohetes que no asustan, porque ella solo se dedicaba a mirar cómo alcanzaban el punto exacto de brillo y luego poco a poco se iban apagando. En cambio, a mi tío Marco le gustaban los cohetes ruidosos, los tronadores, las bombas y petardos. Hubo una época en la que él se divertía asustando a los niños cuyos papás no se dedicaban a la pirotecnia –eran pocos– cuando andaban distraídos por la calle. Mi tío ayudaba más a mis abuelos que mi mamá, aunque eran de la misma edad, habían nacido juntos, con el cordón umbilical de mi mamá enrollado en el cuello de mi tío Marco, por eso las vecinas decían que era tan tonto en la escuela, que el oxígeno no le llegó a tiempo al cerebro, y que mi mamá, si era muy lista, era porque le había absorbido la inteligencia cuando estaban en el vientre, pero yo no creo esa parte, porque de haber sido tan inteligente como todos decían, no se hubiera casado con mi papá. El problema de mi mamá era que desde niña le gustaba mirar las cosas solo porque se veían bonitas, y si se embobaba, terminaba quemada por tanto resplandor.

Desde el ombligo de la ciudad no se ven las estrellas, tampoco las bengalas, yo no crecí asomándome al cielo para reconocer las constelaciones o intentar hallarles forma, a mí me trajeron a la colonia Doctores de recién nacida, no conocí a mis abuelos, pero ellos sí me conocieron en los primeros meses de vida, solo que no me acuerdo. Cuando murieron nosotros ya vivíamos aquí, en Doctor Barragán, en la única casa que he tenido; mi tío Marco se quedó con el taller, al que no faltaba ni un solo día desde que se salió de la escuela a mitad de la secundaria, porque lo único que sabía hacer eran cohetes. Al poco tiempo de que mi mamá quedara huérfana mi papá se fue, se extinguió como las luces en el cielo después del último tronido de una candela cuando deja de pasar el santo.

Para nosotras, la costumbre era la soledad. Antes hubo dos hermanos que se alimentaron al mismo tiempo de la misma mujer, compartieron lo que hubo hasta que las diferencias fueron demasiado grandes, mi mamá se mudó a los once o doce con una tía, hermana de mi abuela, creció en una colonia venida a menos en la delegación Cuauhtémoc y sus visitas a Tultepec se hicieron cada vez más lejanas, hasta que también fueron desapareciendo, igual que las luces de un auto cuando se lo traga la noche. Su relación con mis abuelos se apagó, con mi tío Marco era lo mismo, se dejaron de ver un tiempo después de que mis dos abuelos murieron. Nuestro contacto con parientes era casi nulo, de mi papá ni hablar. Me convertí en su única familia y ella era la mía. Mi mamá y yo éramos dos lunas que orbitan juntas pero moviéndose lejos de las demás, por función de la gravedad, como leí alguna vez y nos reconocí en uno de mis libros, hasta que mi tío Marco tuvo que venir a vivir a la casa.

Una llamada nos despertó de madrugada, era lunes a las dos o tres. Desde mi cuarto escuche cómo mi mamá movía cosas, balbuceaba a través del teléfono, luego el ruido inconfundible que hacía cuando aventaba las llaves del Chevy pop a la bolsa de mano.

–Susana, Susana –dijo, mientras me movía para despertarme–. Tengo que irme a Tultepec ahorita mismo, hubo un accidente, se quemó el taller de tu tío. –Me frotaba los ojos para enfocarla mejor, ya estaba vestida y medio arreglada, con una sudadera y la bufanda alrededor del cuello–. No sé cómo está ni qué le pasó, me llamaron unos vecinos, acaban de llevárselo a urgencias. Tampoco sé a qué hora regrese, mañana te vas sola a la escuela y te llamo cuando calcule que ya estás aquí en la casa. Hay comida en el refri, si no, ve con doña Jesusa por una orden de pollo. Cualquier cosa, te dejo recado con ella tempranito. No te estés yendo a ningún lado, por favor.

No tuve tiempo de contestarle o procesar la información. Accidente, taller, tío, incendio, hospital, hasta mañana en la tarde. Al día siguiente me alcanzó la realidad. Saliendo de la escuela vi las noticias en un canal del Estado de México: habían explotado dos talleres de pirotecnia contiguos, las autoridades reportaban una decena de heridos y alguien que acababa de fallecer por quemaduras, el accidente fue ocasionado por fallas humanas y descuidos en las instalaciones. No dijeron nombres, pero supuse que el muerto no era mi tío Marco, porque de ser así, mi mamá ya me habría dejado el recado desde temprano. Ella regresó como a las ocho de la noche, mientras la esperaba viendo la tele.

–Tu tío está fuera de peligro, tiene quemaduras menores en todo el cuerpo, pero una pierna bastante lastimada. Estaba cerca de la puerta cuando estallaron los talleres, así que pudo salir corriendo, pero tenía pólvora pegada en la pantorrilla, y cuando logró apagar el fuego sobre la tela, ya le había alcanzado la piel. Su taller y el de su compadre se perdieron casi por completo en el fuego, y el compadre sí falleció. Tu tío va a quedarse un par de días en el hospital, está muy intoxicado y tienen que curarle la quemadura con lavados mecánicos, ahí se la van a tratar con antibióticos hasta que pueda levantarse. –Antes de que le respondiera cualquier cosa, me avisó–: Luego viene a pasar un par de semanas con nosotras, de momento no puede volver a la casa y necesita recuperarse.

No tenía idea de lo que eso significaría en mi vida. No recuerdo haber convivido con mi papá porque su presencia se apagó antes de que yo tuviera pensamientos propios. Siempre fuimos mi mamá y yo, dos satélites que por la fuerza natural tienen que orbitar juntos, y ahora otro solitario giraría a nuestro lado.

Al día siguiente, regresando de la secundaria, preparé mi cuarto para que mi mamá se quedara ahí conmigo y mi tío Marco en el cuarto de ella. Tuve que darme una idea de cómo se recibe a una persona que andará en muletas dos semanas, curándose la herida, a un desconocido que vería quizá por primera vez. Cuando llegó no se me hizo tan parecido a mi mamá, tal vez seguía hinchado por el medicamento, pero solo bastó que dijera unas cuantas frases explicando las dosis que estaba tomando y el sueño que le provocaban, para entender lo que decían las vecinas: mi mamá sí lo había asfixiado un poco en el vientre de mi abuela y le robó parte de la inteligencia.

–¿Mi tío siempre fue así? –le pregunté a mi mamá cuando ya estábamos acostadas. Era inútil que respondiera así cómo, si sabía lo que yo quería decir.

–Sí, desde que nació.

–Por eso no siguió estudiando –afirmé.

–Por eso y porque se burlaban de él, le decían loco, lo agarraban a pedradas, le hacían burla y él se molestaba y les echaba cohetes. Casi nadie lo soportaba.

–Ustedes son cuates. A lo mejor iba a ser diferente si hubiera nacido niña.

–A lo mejor, pero no fue así, y esto es lo que es.

No quise preguntarle a mi mamá por la cuata de mi abuelo, a ella no le gustaba hablar de su familia, en realidad no le gustaba hablar de nadie, ni siquiera de mi tío Marco, y yo supe de la cuata de mi abuelo porque la vi en una foto vieja y pensé que eran mi mamá y mi tío Marco el día de su bautizo. Lo único que me respondió fue que no, eran mi abuelo y su hermana. Ni siquiera dijo el nombre, pero como todos, ella también está muerta.

Mi mamá dio la vuelta sobre el colchón y se durmió enseguida. Aquella noche fue muy fría, aunque en la casa ya éramos tres, debería ser por lo menos un poco tibia, más si mi tío irradiaba el calor de los fuegos artificiales que le quemaron el taller, una pierna, lo asfixiaron unos minutos y tal vez lo dejaron un poco más loco.

A la llegada de mi tío Marco le siguieron días como de fantasma. Mi mamá y yo salíamos temprano a la escuela y el trabajo, le dejábamos la comida lista, aunque casi no la tocaba. Yo volvía antes que ella y le preguntaba si quería comer, si me acompañaba en la mesa mientras yo comía o hacía mi tarea, pero decía que no, gracias, y continuaba encerrado haciendo como que dormía. Yo sabía que no estaba durmiendo, tampoco veía la televisión, solo cerraba los ojos como un niño y fingía que descansaba hasta que yo terminaba de comer y me iba a mi cuarto a hacer mis cosas, entonces aprovechaba para salir al baño o la cocina.

Mi mamá y él casi no hablaban, nunca los escuché conversar, solo se decían lo necesario, ella le preguntaba si se había curado la herida como le explicó la enfermera, si notaba que comenzaba a cicatrizar, o si había caminado un poco en muletas por la casa para no perder la fuerza y airear un poco la pierna. Él a veces decía que sí, que todo bien, le daban unos piquetes de dolor de vez en cuando pero ya sabía las dosis de los medicamentos y de todas maneras las tenía apuntadas en las recetas; otras, que había caminado del cuarto a la cocina, el baño, la sala, pero aún no quería bajar escaleras porque le daba miedo tener un calambre, y ya, era todo lo que se decían. Mi mamá ponía empeño en que no le faltaran las medicinas o la atención y su recuperación fuera rápida para que nos dejara lo más pronto posible.

Aquella primera semana no parecía que hospedáramos a mi tío Marco, el hermano de mi mamá, el único, con el que nació enredados por el mismo hilo, nuestro pariente más cercano, sino a un animalito, una mascota a la que se le echa un vistazo por la mañana para ver si está durmiendo donde se le dejó la noche anterior o ya tiró algo por descuido. Con mi tío nos correspondía revisar que la comida en los tópers del refri fuera suficiente, que las cosas las tuviera siempre a la mano o que nada entorpeciera su paso con muletas, y por la noche supervisar que todo se mantuviera en orden para el día siguiente, que él continuara donde siempre, en su espacio, pero identificando su rastro por la pequeña superficie que habitábamos; decirle un par de frases, mientras nosotras nos concentrábamos en seguir nuestra rutina como si nada, en hablar de cualquier cosa para estrechar nuestro lazo, porque siempre hemos sido dos, y mi tío Marco era menos que un tercero, siempre fue menos, menos listo, menos querido, menos todo que mi mamá y la hija que mi mamá tuvo con un cabrón con la fortuna de no nacer tonto, pero un cabrón, al fin y al cabo, que se apagó como un rehilete de pirotecnia después de mantener la atención de todos los embelesados.

A mí ese tonto, como le decían en el barrio en Tultepec, el tontito, Marco el loquito, no me daba miedo, aunque mi mamá me había dicho que si me sentía incómoda teniéndolo en la casa antes de que ella regresara de trabajar, me fuera a pasar la tarde con doña Jesusa allá en la fonda, como cuando era niña y ella me cuidaba, o saliendo de la secundaria tomara el micro para ir a verla a su oficina, que no estaba tan lejos, pero nunca lo hice, no le tenía miedo ni sospechaba de mi tío.

No sentía que algo peligroso viniera de su parte, ni una mirada de hombre mayor que le ve las piernas a la sobrina con el uniforme de la secundaria, nunca nada, era un animalito asustado todavía por los tronidos de los cohetes y el fuego que le quemó no solo la pierna, la pierna era lo de menos, que le jodió el taller delante de la casa y le quemó la mitad del lugar donde vivía, el fuego que dejó inhabitable su patrimonio y lo convirtió en un huérfano por segunda vez, en un perro de la calle al que la hermana y la hija de la hermana le echaban de comer, un perro que se asusta con los cohetes, que se va a espantar cuando vea un brillo en la noche y sienta que la noche está crujiendo.

Una de las tardes en que lo vi pasar del cuarto al baño, asustado y mirándome de reojo como pidiendo permiso para moverse por la casa, sentí lástima. Él habría visto muchas explosiones, los talleres en Tultepec reventaban a cada rato, según me dijo mi mamá, pero esos tronidos y llamas eran para otras personas, y creo que mi tío jamás pensó que le tocaría en su propia casa, y el infierno abriría una grieta tan grande que saldría de debajo de sus pies, echando fuego entre la pólvora y haciendo estallar treinta y tantos años de historia en unos segundos. La mala suerte, por fin, lo había alcanzado.

Mi tío Marcos tampoco me hablaba. Aunque intentaba adivinar cuándo me metía a mi cuarto para salir sin ser visto, casi siempre fracasaba. Se movía cada vez mejor con las muletas, se servía un bocado de lo que hubiera en los tópers, así frío, no lo calentaba ni nada, o se hacía dos tacos y los comía rápido y de pie. Supuse que aún le daba miedo la lumbre de la estufa, el olor a gas del quemador que no usábamos pero por estar adelante se nos olvidaba que no servía y girábamos la perilla, hasta que el olor advertía que ese no; a él le debía dar miedo prenderse otra vez, no la pierna mala, sino los brazos y la cara, ser un cerillo en vida, ardiendo hasta consumirse. Me ofrecía a calentarle la comida, hacerle unos tacos de tinga como debe ser, porque la carne fría sabe mal, o comer con él para servirle los frijoles tibios y agua de limón y que se tragara el bocado sin que supiera rancio, pero decía que no, que así estaba bueno, dos bocados, a lo mucho tres.

Solo por no ser tan huraño y hacerme enojar con su apatía le echaba un ojo a lo que yo escribía en mis cuadernos sobre la mesa del comedor, y me daba risa que no les entendía nada porque qué iba a saber él de introducción a la física y desplazamientos con fórmulas, si con trabajo multiplicaba y dividía en su negocio con la calculadora, pero echaba un «ah, ah» como si supiera, y luego se encerraba hasta que era la hora de bañarse y curarse la herida, porque mi mamá le dijo llegando, como a los perros, que se bañara diario o se aseara para que la pierna no se le infectara, pudiera caminar e irse a ver qué iba a pasar con el taller de Tultepec, y que por nada del mundo se le ocurriera hacerme sentir incómoda.

Una parte de mí no quería que se recuperara tan rápido, era una novedad tenerlo; otra necesitaba la soledad del espacio en el que solo orbitábamos mi mamá y yo, y que mi tío Marcos representara el mismo cometa que pasa quién sabe cada cuántos años, se le ve de lejos y vuelve a perderse en la negrura de la noche.

Acostadas, antes de dormir, mi mamá y yo hablábamos de lo mismo de siempre: la escuela, su trabajo, mis amigas, los maestros, cosas que queríamos hacer y poníamos en la lista de «cuando haya tiempo y dinero». Me preguntaba cómo andábamos de despensa para hacer el súper saliendo de la oficina, cuando en realidad quería preguntarme si mi tío estaba comiendo bien, si había tomado leche o agarrado una fruta porque desde niños le gustaban las manzanas, pero veía el frutero intacto.

–Mamá, ¿mi tío de por sí no habla?

–No, casi no, y desde que se murieron tus abuelos casi no pronuncia palabra.

–Entonces le afectó mucho.

–A lo mejor. Tu tío es mi cuate, si fuéramos del mismo sexo seríamos gemelos, pero somos cuates y nos sentimos más como primos lejanos. Es eso, nos sentimos lejanos, nunca hablamos mucho cuando vivíamos juntos y no hablamos tanto ahora.

–¿Por qué te fuiste de Tultepec? ¿Por qué te mandaron a la Buenos Aires con tu tía Rosa y ya no regresaste con tus papás y tu hermano, si esa era tu casa?

–Ya duérmete, estoy muy cansada, hablamos mañana.

–Nada más dime. Por favor.

–Porque la situación se estaba poniendo fea allá con tus abuelos, siempre había pleitos, una que otra pandilla se alborotaba, no era el mejor lugar para vivir, y mi tía Rosa se había quedado sola, así que me mandaron a hacerle compañía unas vacaciones, me gustó y me quedé aquí. Hasta mañana.

Creo que, hasta ese momento, fue la mayor cantidad de información que obtuve de mi mamá. Era como si su vida hubiera comenzado a partir de que se mudó para hacer la secundaria, de su infancia yo solo sabía que tenía un hermano tonto que ayudaba en el taller de cohetes, que mis abuelos se murieron cuando yo estaba muy chica, que ya no teníamos más parientes allá y en adelante la vida éramos mi mamá y yo solas, siempre solas, pero ahora con un extraño inquilino que no hablaba, un perro apaleado al que le daban miedo los cohetes que él mismo había hecho toda su vida.

La pierna de mi tío Marco estaba mejor, ya no tenía tantas vendas como antes, se la curaba con mucho cuidado, había llegado a necesitar solo una gasa, no olía mal, y un día me dejó inspeccionar la herida, que no se veía tan fea como me la imaginé. Calculé que en muy poco tiempo tendría costra y luego la primera capa de cicatriz. Se me hizo muy curioso que esa parte de cuerpo, con la nueva piel, fuera rosa pastel. Después en silencio, mientras yo hacía la tarea con música de la radio muy bajita, mi tío caminaba por la casa, intentando hacerlo con una sola muleta; a veces apoyaba ambos pies para saber cuánto resistía y si ya casi podría cambiar las muletas por un bastón, o bajaba las escaleras un piso hasta planta baja y volvía a subir despacito. Ya se preparaba para irse en medio del mismo silencio con el que había llegado.

Fue sábado cuando abrí una pequeña grieta en la coraza de mi tío Marco, para que entraran o salieran cosas que mejor nunca hubiera invocado. Mi mamá trabajaría toda la tarde, me dejó doscientos pesos para pedir una pizza y comprar comida chatarra y refrescos, era mi premio por cuidar a mi tío y para que él comiera algo distinto que le abriera el apetito, porque poco a poco iba quedando en los huesos. Le dije que me acompañara a comprarla, a la vuelta de la casa, nos iríamos despacio para que caminara mejor, el día estaba fresco pero soleado, y él necesitaba tomar color, quitarse ese semblante de muerto y olvidarse del incendio, porque los muertos eran mis abuelos, los demás coheteros que se han ido quemando en Tultepec, él no. Dijo que sí, se puso la sudadera que mi mamá le había comprado y salimos con cuidado.

La pizzería estaba en Doctor Olvera, y ya muy cerca de la entrada se me ocurrió no comprar la pizza, avanzar una cuadra más y meternos al Museo del Juguete. Quería que mi tío viera otra cosa además de los cuartos de nuestra casa, que dejara de pensar un rato en los cohetes, porque estaba segura de que cuando cerraba los ojos no lo hacía solo para dormir, sino que se acordaba de cómo el fuego le había trepado por la pierna y cómo podía instalarse de nuevo en su cabeza y hacerlo la viva imagen de un cometa, encendido siempre por ese brillo antiguo de las estrellas.

Pagué las dos entradas y le ayudé a subir, todo siempre a paso lento, yo esperaba que esa salida le sirviera de ejercicio. La chica que atendía el mostrador dijo que estaba sola, no había nadie que nos diera una explicación de las salas, pero todas las luces estaban encendidas y había flechas para indicarnos el recorrido, podríamos hacerlo solos mi papá y yo, eso dijo, y disfrutar los tres pisos que guardaban cerca de cincuenta mil piezas. Lo mismo nos había indicado esa chica a mi mamá y a mí un par de años antes, la primera vez que fui, y tanto el museo como ella continuaban igual. No me molestó que dijera que ese hombre con muletas y cara de tonto porque era retrasado de nacimiento era mi papá, hasta me dio risa y me gustó, era el cuate de mi mamá y yo me parecía un poco a él. Si podía escoger entre tontos o irresponsables que abandonan a su familia de un día para el otro, preferiría tener un papá tonto.

–¿Quieres que comencemos desde el último piso hasta este y así subimos todas las escaleras de una vez? –le propuse–. Arriba hay cosas de luchadores y muñecos de acción, creo que son de tu época.

Dijo que no, él quería caminar por el piso en el que estábamos. Eso hicimos, nos asomamos a las vitrinas donde se agrupaban muchas muñecas viejas, colecciones de muñequitos de porcelana y versiones alemanas de cuadros con familias ejemplares. Le iba a explicar que eran juguetes que llegaron después de la guerra, con los inmigrantes recién instalados en la ciudad, y años después se convirtieron en donaciones, pero mi tío solo entendía algunas cosas prácticas, entre las que la historia universal no figuraba, y mejor lo dejé ver por su cuenta los escaparates.

Ya quería que llegáramos a la sala de juguetes no tan viejos, mi mamá me había dicho, la primera y única vez que fuimos, cuáles eran de su época, tenía ganas de ver la expresión de mi tío por si reconocía los que ellos tuvieron, si se acordaba de alguno y me platicaba cualquier cosa acerca de la infancia de la que mi mamá no quería hablar. Intenté apurar nuestro recorrido para ir uno o dos pisos hacia arriba, pero él se quedó clavado viendo las vitrinas. Me paré junto a él porque me intrigaba el tiempo que dedicaba a cada estantería, y quería adivinar en qué objetos concentraba su atención.

Miró a detalle la primera, a simple vista eran soldados ingleses acomodados en orden y a punto de la batalla, enfilados a lo largo de escaleras que se cruzaban entre sí; los soldados a pie se mezclaban con los que iban a caballo y los que llevaban tambores y cornetas, capitanes, civiles; algunos muebles de terciopelo le daban un aire inverosímil a la escena, y encima de ellos pendían pequeños candelabros dorados. Los hombres barbados saludaban a sus superiores, un poco más grandes y con puntos dorados en las chaquetas que simulaban condecoraciones, pero si se observaban las filas con mayor atención, también había figuras que no correspondían a ese universo, tipos de traje gris y mini portafolios listos para entrar o salir de la oficina. Alguien los colocó ahí por accidente o a propósito, como si también ellos se prepararan para ir a la guerra.

–¿Te gustan esos muñequitos? Ven, aquí hay más –le dije a mi tío, y lo dirigí a la vitrina más grande.

Marco abrió los ojos con sorpresa. La feria era una locura mucho mayor que las escaleras de la guerra. Decenas de muñecos miniatura distribuidos en la instalación de una feria, con el circo de fondo. Mi mamá me dijo que ella y mi tío iban al circo de vez en cuando, en Tultepec, porque mis abuelos jamás los llevaron al zoológico, y conocieron camellos y cebras cuando llegaron los cirqueros. Lo que más recordaba era el olor a caca de los animales, y las acrobacias, porque nunca se imaginó que una pareja pudiera volar y tomarse tan bellamente de las manos para salvarse del precipicio.

En ese momento no supe si hice bien, si mi tío tenía los mismos recuerdos que mi mamá, debía acordarse de las bolas de fuego con las que jugaban los acróbatas y payasos, porque no les quitaba de encima los ojos a las figuritas en la puerta del circo, el cañón del hombre bala y unos aros que otro personaje mantenía en alto. Inspeccionaba la alineación de los visitantes, los niños cuyos rostros grotescos solo tenían dos puntos negros y una raya rosa, animales de plástico de diferentes tamaños, los juegos alrededor de la feria y la pintura descolorida en los pabellones del circo. Se quedó como plantado en el suelo, con las muletas bien fijas para poder asomarse a los extremos de la vitrina sin perder el equilibrio, y casi no parpadeaba.

–Vamos arriba, te ayudo –propuse–. Quiero que veas un payaso, si no te dan miedo los payasos, es un payasote que escupe muñecos, eso está muy loco.

–Ve tú, yo te espero.

Tal vez estaba cansado y le daba pena decirme que le dolía la pierna y no quería subir las escaleras, pero yo sí quería estar delante del payaso y luego ver la colección de Barbie para contar todas las que quise y nunca tuve cuando era niña. Miré hacia un lado, la chica encargada leía una revista, si a mi tío le pasaba algo, si se tropezaba o caía, ella podía auxiliarlo, siempre y cuando el ruido atravesara sus audífonos. Subí al siguiente piso y me dediqué a ver las vitrinas que tenían otros juguetes, la colección del museo parecía crecer todo el tiempo, era algo vivo, pensé en lo *no muerto* de otras personas a las que el tiempo les iba ganando y dejaban una semilla en el corazón de mi colonia para que esos objetos se quedaran en la memoria de otros.

Esperé unos minutos frente al payaso gigante, pero mi tío no subía, y yo comenzaba a sentir hambre. Me apresuré y llegué al siguiente piso, donde estaban la colección de Barbie y los juguetes de los que antes había hablado con mi mamá. Me di cuenta de lo tarde que era por el ruido que hacía mi estómago una y otra vez recordándome la promesa de la pizza. Mi tío Marco tardaba en subir, quizás todavía estuviera en el piso frente al payaso. Bajé y no lo vi, la sala estaba vacía salvo por una señora tomando fotos a sus dos hijos, así que continué hasta la sala de las vitrinas. Él permanecía en ese lugar, parado frente a otra vitrina, una de forma cilíndrica que no vi la primera vez que fui al museo y tampoco antes de dejarlo, por la prisa que llevaba por estar en la sala de las Barbies.

–Te estuve esperando –dije–. ¿Te duele la pierna? ¿No pudiste subir o qué pasó?

–Nada, estoy bien –contestó.

La vitrina era algo similar a la representación de un edificio sin paredes, y los cristales dejaban ver qué sucedía en el interior. Eran habitaciones con muñecos de trapo hechos a mano, en un cuarto un niño tocaba el piano y sus padres estaban de pie a un costado, en otro un doctor con bata blanca y maletín tenía a otro niño de la mano; en uno más había una cocina miniatura y dos niños sentados a la mesa, con dos puntadas azules donde deberían estar los ojos y unos cuantos hilos amarillos que representaban el cabello de esos rubios de hogar perfecto. Examiné cada habitación del edificio, desde el recibidor y las escaleras hechas con cartón hasta los detalles en la tina de baño para muñecas.

Me paré junto a mi tío Marco para ver qué era lo que lo tenía cautivado. En esa habitación diminuta estaban acostados dos pequeños gemelos, con batas azules, calzón rojo y cabello amarillo, aunque viéndolos mejor, se notaba que uno era apenas mayor que otro, uno era niño y la otra una niña. Detrás estaban los padres, de pie mirándolos en la cuna, la mamá con un abrigo de piel de algún animal y el papá con un saco café y corbata roja. A mí me pareció más una escena de abandono que de buenas noches.

–Vámonos, tío –le dije tirando con suavidad de su brazo–. Ya es hora de comer, mi mamá llega temprano hoy.

No me contestó, pero movió las muletas para dar los primeros pasos. La chica del mostrador ni siquiera alzó la mirada para vernos salir; si acaso nos llevábamos alguna de las miles de piezas que estaban sin más resguardo que la capa de polvo de quién sabe cuánto tiempo encima, ella no lo habría notado. Esa tarde en la pizzería tampoco conseguí que comiera o hablara conmigo sobre nuestro paseo por el museo. Pensé que le alegraría haber ido, pero se perdió la exposición de los juguetes que, supuse, conocía, se quedó parado viendo vitrinas con las cosas más viejas y feas que ni siquiera se correspondían entre sí. Mi tío solo comió una rebanada de pizza de pepperoni, dejó intacta la orilla, le dio dos sorbos al Boing de guayaba y no abrió la boca para decir nada más que gracias a la señora que nos puso el resto de la pizza para llevar.

Antes de llegar a la casa dijo que estaba muy cansado, iba a dormir en cuanto subiera, y yo me sentí mal por haberlo agotado con el paseo. No, me dije, yo no estaba mal por querer alegrarle los días que pasaba con nosotras como un animal refugiado, porque él pensaba que estaba bien ser indiferente, no hablar ni saludar, no comer lo que le preparábamos para que no se muriera de hambre o se le terminara de podrir la pierna en el taller y tenía derecho a mantenerse en silencio. Era tonto y no quería dejar de serlo, mi tío Marco el loco tonto que solo servía para hacer cohetes, y ya ni eso, porque por su imprudencia terminó incendiando el taller, quemándose medio cuerpo y refugiándose en la casa de una hermana y una sobrina que no lo conocían lo suficiente, tampoco lo querían en sus vidas, porque a dos satélites no puede unírseles por la fuerza uno más, un tonto que no servía como no había servido el que ya no es padre ni esposo.

Aquella noche mi mamá y yo cenamos lo que quedó de pizza. No hablé mucho, no le dije que fuimos al museo a perder el tiempo, y mientras yo recorría los pisos él se había quedado parado donde lo dejé, como un mueble, un animal mal domesticado que no agradecía nada y tampoco hacía el esfuerzo por tratar de ser un invitado normal.

–En unos días tengo que irme a Pachuca por algo del trabajo –me dijo antes de dormir–. Va a ser domingo y lunes, el del puente. Pedí que me dieran un cuarto grande, así te vas conmigo.

–¿Y mi tío?

–Mañana vamos a Tultepec a ver cómo está todo con su casa –no dijo *nuestra*, había dejado de ser suya desde que salió a los once años–, y el sábado, de mañana en ocho, él se regresa. Ya está bien de la pierna y puede cambiar las muletas por el bastón.

Sentí entre alegría y desolación, porque de nuevo estaríamos solas, en especial, yo. Pero no quise seguir pensando en eso, no le dedicaría más tiempo a mi tío Marco en lo que restaba de la noche.

El domingo temprano salimos en el Chevy hacia Tultepec, no había tráfico, tardamos muy poco en llegar. Lo único que llevábamos en el coche eran utensilios de limpieza para la señora que se encargaría de dejar la casa lo más habitable posible, mi mamá dijo desde el principio que ella no tenía tiempo, pero más bien no quería estar ahí más de lo necesario. Yo no había ido, no conocía el taller y tampoco la casa de mis abuelos, no recordaba las visitas de cuando era bebé, pero sentía curiosidad. Llegamos a una colonia a las afueras, con casas de adobe que adelante tenían tiendas de pirotecnia, piñatas y artesanías; atrás y a un costado estaban los talleres. La de mis abuelos tenía un primer piso, con la fachada aún chamuscada, y los trabes y paredes de un segundo que nunca se terminó de construir; el taller a la derecha quedó destruido por completo, era el que compartía mi tío Marco con su compadre muerto. Aún se veían las cintas amarillas que colocó la policía para resguardar.

Mi tío bajó del auto, se quedó de pie apoyándose en las muletas, no dijo nada y avanzó hacia la casa, que mi mamá ya había abierto. El olor era penetrante, pero solo al inicio, después de un par de minutos la nariz se acostumbraba a respirar lo que dejaron el cartón, la pólvora y la espuma rancia de los extinguidores. En la puerta nos esperaba una muchacha como de mi edad o un poco mayor, la había mandado la vecina que le avisó a mi mamá del incendio. Lupita estaba para limpiar la casa, ya llevaba unas botellas de Fabuloso, cloro, escoba, bolsas negras y varias jergas para comenzar de una vez y que el viernes, a más tardar estuviera limpia y acomodada.

–Por favor, los cuartos los dejas lo más limpios que puedas, desde ahorita abre las ventanas para que se salga el olor a quemado. Con el taller no se puede hacer nada, Protección Civil va a volver a entrar, pero trata de que la casa no apeste tanto.

Mi tío continuaba en el mismo lugar, no quería ver el taller, pero tampoco entraba a los cuartos ni se sentaba, miraba todo como si no fuera su casa. Temía que ya no sintiera el apego que mi mamá había dejado atrás desde que se fue de ahí, porque si eso sucedía él no tenía hogar, el nuestro no era suyo, y estoy segura de que ninguna de las dos lo quería cerca por tiempo indefinido.

–Voy a ver si están los papeles que hacen falta para cosas del seguro –anunció mi mamá–. Marco, acompáñame, dime cuáles son o cuáles te había dicho el compadre que les pidieron la última vez que lo renovaron con los del municipio.

Los dos entraron a uno de los cuartos, me asomé y vi que era el de mis abuelos, por la decoración que continuaba idéntica al cuarto de unos viejos que habían muerto hacía como diez años, con los cuadros en blanco y negro de sus papás y abuelos en las paredes, el de ellos el día que se casaron, las cruces y rosarios junto a la cama, los dos roperos y una repisa con santos pero sin veladoras. Mi tío no era tan tonto, tenía las carpetas ordenadas por año, con los recibos pagados al ayuntamiento y los talones de otro seguro personal que tenía con el banco, sin saltarse un solo pago. Mientras ellos ordenaban los papeles que debían llevar, me asomé al otro cuarto, ese era el de mi tío. Había dos camas, siempre fue el cuarto de los hijos, y la cama de mi mamá permaneció ahí vacía más de veinte años: un cuarto pequeño con camas gemelas. Más bien tenía la facha de una celda, no había nada en las paredes, ni siquiera una cruz o una fotografía, solo un closet con la ropa de mi tío doblada del lado de los entrepaños y unas cuantas prendas colgadas en los ganchos. Estaba por cerrar la puerta del ropero cuando vi una caja sobre la mesita de noche. Eché un vistazo, era un costurero, tenía unos retazos con la práctica de un patrón de costura, varios hilos de colores, estambres, agujas, tijeras, y al fondo un muñeco de trapo hecho a mano, con las costuras y remiendos de un principiante. Por eso se había quedado fascinado viendo la vitrina con los muñequitos gemelos sobre la cama.

–Susana, ya vámonos –escuché a mi mamá, luego de darle a Lupita la mitad de la paga y despedirse de ella–. Vámonos porque quiero pasar al mercado, comemos allá, compramos lo de la semana y luego a la casa. Marco, por favor, agarra un poco de ropa para lavarla cuando lleguemos y que te la traigas limpia, seguro huele a humo.

Se fue directo al closet y echó en una bolsa unas cuantas cosas, sin reparar en que fueran a servirle o no cuando regresara. Yo quise darle un último vistazo a la casa, ver si encontraba algo de mi mamá, cualquier cosa de su infancia, una fotografía, porque en la nuestra solo había un pequeño álbum, pero no tuve oportunidad de registrar en los cajones de mis abuelos. Subimos al coche, estábamos a punto de irnos cuando mi mamá se acordó que necesitaban los recibos del predial y otras cosas del taller que estaban a nombre de mi tío, los dos bajaron para sacarlos del archivo; yo también, pero me quedé recargada en el coche viendo hacia arriba, el piso en obra negra que nadie terminó de construir porque mi mamá se fue, ya no necesitaban cuartos separados porque los cuates de esa casa habían dejado de serlo.

–¿Tú eres la hija de Valeria? –la que preguntaba era una señora canosa, con una catarata que le llenaba totalmente el ojo izquierdo.

–Sí, es mi mamá.

–¿Y vino a traer al loquito? –ella siguió hablando, sin esperar mi respuesta–. Sí, la conocemos, pero ya no se para por acá, no se paró ni cuando sus papás se andaban muriendo por respirar quién sabe qué porquería, vino hasta el día del velorio. Pero qué bueno que estuvo aquí cuando se quemó el loquito.

–Oiga, señora…

–Y tú tampoco te vas a parar por acá. Haces bien, muchacha, quédate lejos igual que tu mamá. Hay que huir de los locos, tu abuelo estuvo loco, eso decían, era cuate y no quería a su cuata, y tu tío otro loco, pero ojalá ese sí quiera a su cuata. ¿Tú tienes cuate?

La señora vio por encima del techo del Chevy, mi mamá y mi tío abrían la puerta y echaban un vistazo al interior antes de salir. Se acomodó el morral en el hombro, sin esperar a que le respondiera que no, que por fortuna yo no tenía cuate ni intenciones de regresar a esa casa, que seguro era un infierno por gente fea con ojos nublados por las cataratas, un infierno como tal, que arde, una casa envuelta en llamas como toda esa calle.

–Ahora sí, es hora de almorzar –anunció mi mamá. No se había fijado en la señora que caminaba a un costado del carro y aún muy cerca de mí, y no le dije que fue a decirme que yo provenía de una familia de locos.

Las cosas siempre transcurrían en silencio desde que éramos tres, mi tío Marco no hablaba, solo respondía que sí y que no. Antes de salir de Tultepec pasamos por la calle de la iglesia, unos cohetes comenzaron a sonar al mismo tiempo que las campanas, y mi tío gritó del susto cuando los escuchó. Hubo que detenernos un momento para que se tranquilizara, bebiera agua y tomara una pastilla a ver si se le pasaba el episodio de pánico. Vi en el semblante de mi mamá el horror y la preocupación: si tenía el trauma de la explosión no podría regresar a trabajar en lo único que sabía hacer, no fabricaría cohetes y sería el huérfano de siempre, un perro sin hogar en toda la extensión de la palabra.

El resto del día fue como si no hubiera habido energía para otra cosa, preparé el uniforme, la tarea, los deberes y comida de la semana, la última que la víctima de desastre pasaría con nosotras. Al día siguiente nos tocaba retomar la rutina, mamá y yo salíamos antes de las siete, no sin haber revisado que la comida estuviera al alcance de mi tío Marco, aunque él ya pudiera andar si ningún problema, dolor o cojera por la casa y comenzara a practicar el uso de su bastón. Siempre se hacía el dormido cuando le echábamos un vistazo temprano, pero estábamos seguras de que ni siquiera descansaba por las noches, nos dimos cuenta ese domingo para lunes porque durante la madrugada oímos el golpeteo irregular de sus muletas encima del mosaico, desplazándose por la habitación, la cocina y la sala; nunca logró estar cómodo con dos desconocidas.

El lunes regresé a casa un poco antes, la mamá de una compañera me dio *ride* hasta la esquina del Eje Central. Mientras doblaba por Doctor Barragán, vi a mi tío entrar al edificio, abrió con la que supuse era la llave que teníamos junto al refri, en caso de emergencias. No me vio, me mantuve a distancia, no llevaba nada en la mano más que sus muletas, así que no pudo haber salido a comprar, y entró al edificio con calma. Esperé unos minutos para seguirlo. Cuando llegué, él ya estaba encerrado en el cuarto. Le dije en voz alta que estaba ahí, que saliera para comer juntos, y eso hizo. Calenté el pollo con mole en el microondas, sabía que a él le gustaba porque una vez lo comentó, y le insistí a mi mamá en que lo preparara porque yo tenía antojo, a ver si así él comía una ración completa.

–¿Cómo estuvo tu día? ¿Todo bien? –le pregunté. Él asintió, mientras revolvía el arroz con la pasta café.

Pasados un par de minutos, sin dar grandes bocados ni hablar, volví a romper el silencio.

–Te vi cuando entrabas al edificio, yo venía detrás pero me entretuve platicando con una vecina. ¿A dónde fuiste?

–A caminar.

Era obvio. Me arrepentí por haber insistido, él no tenía un quinto ni a dónde ir, de todos modos regresó al único lugar que conocía en la ciudad. Era normal que ensayara su vida en la calle a unos días de volver a Tultepec, y era normal que estuviera harto del encierro. No dije más, solo le pedí que si ya no iba a comer dejara el plato en el fregadero para lavarlo de una vez. Me hizo caso, tiró en el bote el arroz revuelto y la pierna de pollo casi intacta y se fue de nuevo al cuarto. Ahí noté los huesos de su cara, mi tío tenía semblante de muerto por llevar todos esos días casi sin comer. Tal vez mi tío se murió en el incendio y no su compadre, y nosotras estábamos cuidando a alguien que dejó el mundo pero todavía no lo sabíamos, y tampoco él.

Cuando mi mamá llegó, mi tío Marco no salió a cenar, continuaba encerrado, me imaginaba que hecho un ovillo sobre la cama viendo hacia el techo o la pared. Le dije a mi mamá de su paseo, que ya se estaba preparando para volver a su vida el siguiente fin de semana.

–Solo dile que no se vaya muy lejos, una vuelta a la cuadra está bien, si avanza más se puede perder o los de la colonia le pueden hacer alguna maldad –respondió sin emoción en la voz.

–Mamá, ¿por qué ya no quisiste regresar a Tultepec?

–Ya te dije, me gustó vivir con tu tía y ella necesitaba que alguien la cuidara, estaba sola.

–Pero tampoco te llevas con mi tío Marco. Ni siquiera le hablas, no he visto que platiquen en las semanas que lleva aquí y no creo…

–¡Ya, Susana, cómo chingas! –era la primera vez que me gritaba–. Ya deja de estarme insistiendo con lo mismo, carajo, ya estuvo bueno.

Se levantó de la mesa y aventó los platos al fregadero. Ni siquiera con ese ruido mi tío salió del cuarto, pero ella se encerró en el mío dando un portazo. Esperé en la sala un rato que luego se hizo una hora. Quise llorar, pero no podía, y continué esperando hasta que calculé que el cansancio había vencido a mi mamá, que siempre se dormía temprano. Cuando entré, la luz ya estaba apagada y ella acurrucada con la vista hacia la pared. Me acosté sin decirle nada.

–Yo no quise regresar a Tultepec –dijo luego de unos minutos, su voz era otra, casi quebrada–, no quería vivir con tus abuelos, mucho menos estar cerca de tu tío.

–¿Te hizo algo? –pregunté, con miedo de su respuesta. Desde donde estaba podía ver la luna a través de la ventana, era luna llena.

–Casi me muero. –Guardó silencio un momento, y yo tenía terror de que me respondiera lo que comenzaba a imaginarme, pero poco a poco siguió hablando con voz pausada–. A mí nunca me gustaron los cohetes, veía las luces de bengala y solo eso, o las chispitas, las que son de colores, pero la pólvora me daba asco. Aunque nací y crecí entre talleres de pirotecnia, nunca jugaba con los vecinos, prefería estar dentro de la casa ayudando a tu abuela. Tu tío Marco siempre fue malo para la escuela, su retraso le provocaba burlas, y en aquella época no había una escuela especial cerca, todos lo maltrataban y él prefería irse al taller con tu abuelo. Un día nos retiraron temprano de la escuela, yo ya quería regresarme a la casa pero tu tío estaba esperando a unos compañeros para intercambiar canicas, aunque quien hacía el trato casi siempre era yo porque se aprovechaban de él y le quitaban las mejores. Ese día hacía frío y yo quería estar en la casa pronto, no lo esperé y me fui caminando. No había avanzado mucho cuando unos de secundaria, yo iba en sexto, empezaron a seguirme. Volteaba a ver si tu tío estaba cerca pero no, aún no aparecía, de repente uno de los tres me jaló del brazo y me arrinconó en la pared. Tampoco había vecinos cerca, la calle estaba vacía. Luego me agarraron entre dos mientras uno echaba aguas para asegurarse de que nadie llegara, y entre los otros dos comenzaron a tocarme, uno me metió la mano debajo de la blusa y me besaba la boca y el cuello a la fuerza, y el otro ya comenzaba a agarrarme las piernas y luego las nalgas y se me pegaba, tanto que sentí su erección. Intenté gritar pero no se oía mi voz, o solo no salía, luego se les unió el tercero. En ese momento di por hecho que me iban a violar, pero no, tenían tiempo suficiente, ya me habían toqueteado y seguirían haciéndolo, desgarraron mi ropa interior, tenía el asqueroso rastro de su saliva por todas partes. Entonces comenzaron a golpearme, esa era su finalidad, darme una paliza mientras me gritaban toda clase de insultos. Me aventaron al suelo, yo me hice bolita cubriéndome las costillas por las patadas que me daban entre los tres, ya me habían roto un labio, sentía el sabor de la sangre, como si me fuera a ahogar con ella en la boca, muriéndome del asco y el dolor. Sus zapatos se me clavaban en los huesos con furia, otro me descargaba puñetazos y era el mismo que me jalaba el cabello y me escupía. Vi de lejos a tu tío mirando la escena. Le supliqué con la mirada que hiciera algo, que los encarara, que recogiera un palo y les pegara, les aventara piedras, si no podía pegarles, por lo menos que gritara para pedir ayuda, lo que fuera. Le suplicaba con los ojos que me defendiera, pero no se movía, estaba mirando de lejos cómo me seguían tundiendo como a un animal y yo ya estaba segura de que no tardaba en morirme porque no tenía fuerzas, y los golpes no dejaban de dolerme cada vez más, mis rodillas estaban raspadas, alguna costilla rota igual que mi ropa hecha jirones. En eso apareció un vecino, lo escuché pegándoles de gritos porque vio mi uniforme, se dio cuenta de que me pegaban a mí y no a un animal ni un bulto, y él sí les aventó piedras y llamó a otros, le dijo a tu tío que reaccionara, pero él, en lugar de acercarse para ayudar al señor a levantarme, se echó a correr en otra dirección. El señor era cohetero, como tu abuelo, enseguida me reconoció, él y su esposa me llevaron tapada con un sarape a la casa, porque casi estaba desnuda y llena de sangre. El doctor dio fe de que no hubo violación, pero tenía una costilla rota, igual que la nariz, la garganta severamente lastimada por el intento de estrangulamiento, contusiones, un ojo lleno de sangre, el oído a punto de reventar y un trauma irreparable. Tu tío se apareció en la noche, no supimos hacia dónde corrió ni qué hizo ese tiempo, unos dicen que se fue a las afueras del municipio, por San Pablito, que es lo que él conocía, dijeron que por ahí lo vieron correr. Cuando llegó, tu abuelo no le dio tiempo de dar explicaciones, y tu tío tampoco era bueno hablando para defenderse. Le dio una paliza casi tan fea como la mía, y ahora fue tu abuela la que no se metió, cerró puertas y ventanas para que yo no oyera los gritos, pero se colaban por las rendijas, igual de desgarradores que los míos. Lo vi un par de días después, golpeado, temblando cada vez que escuchaba un ruido fuerte. Dejé de ir a la escuela, de mis golpeadores nadie supo nada, a lo mejor ya no iban a la secundaria, y tus abuelos decidieron que de ninguna manera iba a permanecer ahí para no encontrármelos cuando cambiara de escuela. Después me dieron de baja, encerrada varias semanas, esperaron a que estuviera recuperada y me mandaron con mi tía, aquí a la colonia de junto, perdí el año, pero eso era lo de menos. No me despedí de tu tío, no quería verlo, sentía rabia, él no me ayudó, vio cómo iban a violarme o matarme a golpes y no hizo nada. No era porque fuese un tonto o un retrasado, hasta un idiota puede reaccionar cuando ve algo así, pero él ni siquiera se movió. Dejamos de hablarnos, dejé de ir a casa de tus abuelos, y mi tía comprendía que no quisiera volver a ese infierno, nunca me obligó a hacerlo. Los vi pocas veces, me quedé a vivir aquí, me concentré en la escuela, conseguí un trabajo, todavía era muy joven cuando conocí a tu papá y me deslumbré, eso fue, me deslumbré como cuando uno ve por primera vez unos fuegos artificiales en el cielo. Tu tío Marco se salió de la escuela, tu abuelo decía que no servía para nada, pero a partir de mi golpiza se quedó en el taller haciendo cohetes, se volvió un robot, dejó de hablar, dejó todo, y quedó así como lo ves ahora, esto fue en lo que se convirtió con el paso del tiempo. Mi golpiza pasó hace más de veinte años, pero nada de eso se me va a olvidar, ni con la muerte de tus abuelos o mi salida definitiva de Tultepec. No puedo decirte que ya lo perdoné, sería hipócrita, pero tampoco lo quiero. A cada uno le ha tocado sanar sus traumas, yo sané los míos estando lejos y no sé si algún día él sane los suyos.

Abracé a mi mamá mientras me hablaba. Ya estaba tranquila, había dejado de llorar y yo no podía llorar con ella, no me salían las lágrimas, no me salía nada, ni siquiera palabras para reconfortarla. Esperé a que se durmiera y lloré un poco en silencio. Las luces de la casa ya estaban apagadas, mi tío también dormía y a mí me esperaba una noche de insomnio después de saber todo ese horror.

Al día siguiente comenzamos la rutina a la hora de siempre. La mamá de Fabiola, mi amiga, volvió a dejarme en Eje Central y Doctor Barragán después de clases, estaba tomando esa ruta y podía hacerme el favor. Cuando llegué no vi a mi tío Marco, había salido, supuse que a caminar, entonces eché un vistazo al cuarto para ver si tenía que sacar el bote de basura con sus gasas de curación. Todo estaba limpio. En la cabecera de la cama, sostenida por la orilla de la madera y la pared, había una foto. Eran mis abuelos, los reconocí porque había visto una foto similar, la de su boda, solo que aquí llevaban ropa común y corriente, y la mirada fija al frente, con las pupilas un poco hacia abajo. La dejé en el mismo sitio y salí, unos minutos después escuché a mi tío entrar, no le dije nada y calenté la comida, daba igual si comía bien o solo jugueteaba su ración.

Aquella noche tampoco quise incomodar a mi mamá con más preguntas sobre mis abuelos o el taller, ya había sido demasiado, en unos días mi tío regresaría a Tultepec y nosotras continuaríamos nuestras vidas igual que siempre, solo dos que se mueven juntas, en su propio espacio. El miércoles sucedió lo mismo, llegué poco antes de las tres y mi tío no estaba, continuaba haciendo su caminata en muletas o ya con el bastón, para agarrar fuerza, seguro que su pierna estaba mejor y eso me alegraba. Pero el jueves las cosas cambiaron, dieron un giro que debió ponerme sobre aviso. Por la tarde le pedí a mi tío que me acompañara a la fonda de doña Jesusa, debía pagarle las órdenes de comida que le debíamos, dijo que sí y salimos del edificio. Justo al cerrar la puerta principal, escuchamos un estruendo, luego dos, y de inmediato supe lo que estaba pasando. La procesión de una virgen venía por la misma calle, y unos hombres aventaban cohetes cerca de nosotros. Mi tío Marcos gritó por el susto y se echó al suelo, dejando caer de golpe las muletas, tapándose la cabeza y los oídos, aterrado. Lo socorrí, le dije que no pasaba nada, era la procesión de la virgen de los locatarios del mercado, tenían fiesta, y eso solo eran unos cohetes, no balazos ni nada peligroso, pero justo era a lo que le temía, el trauma por la explosión de su taller.

–¡No fui yo, no fui yo! –decía una y otra voz agarrándose la cabeza, en tanto los niños más crueles que acompañaban a sus mamás detrás de la virgen se reían viéndolo echado en el suelo y él no paraba de decir que no había sido él.

–Cálmate, tío, ya pasó, ya, ya sabemos que no fuiste tú, ya se van, tranquilo, levántate.

–¡No fui yo! –repetía–. Yo no soy un hijo malo, yo no les hice nada, yo no los ahogué, te juro que no los ahogué.

La procesión dobló en esa esquina, mi tío continuaba tirado en la banqueta y yo a un costado tratando de que se tranquilizara; su ataque comenzaba a darme miedo.

–Yo no soy el malo, yo no los ahogué, perdónenme, yo no los ahogué, yo no soy el malo.

No sé cuántas veces lo repitió, hasta que un vecino, el dueño de un taller de bicicletas, se acercó a ver si todo estaba bien. Le dije que sí, que era mi tío y estaba asustado por los cohetes. No tuve que explicarle que era tonto y tenía retraso, que siempre había sido así, porque sus facciones lo delataban. Lo ayudó a levantarse, y en la fonda de doña Jesusa, mientras yo pagaba, le dieron agua con azúcar para los nervios. Volvimos a la casa, cuando él se acostó yo me quedé pensando en las crisis que los estruendos le desataban, con los nervios rotos se había convertido en un completo inútil. Ya no le diría nada a mi mamá, no era nuestro problema, mi tío había dejado de ser una responsabilidad familiar desde que mi mamá renunció a su vínculo de cuates.

Cuando regresamos de Tultepec el domingo quería saber quién era la vieja del ojo con cataratas, por qué decía que mi abuelo no quería a su cuata, pero ya no era momento de preguntar, ni siquiera había a quién, yo también debía olvidarme de esas cosas, porque a mi mamá solo le estaban reavivando los traumas, y tenía miedo de que la locura de mi tío la dejara mucho peor. Que los cuates no se quieran tampoco es algo nuevo, hay hermanos que no se toleran, hay hermanos que se matan, y otros, como mi tío Marco, que abandonan a las suyas a punto de ser asesinadas. La casa de mis abuelos ya era un infierno antes de que el fuego y la pólvora le consumieran una parte.

No ha existido, y dudo que exista un viernes más horrible que el de esa semana. La mamá de Fabiola volvió a darme *ride* a la casa, tuve que bajarme en Eje Central y Doctor Olvera porque ahí doblarían ellas. Mientras me despedía, vi a mi tío Marco salir del Museo del Juguete. No me confundía, era capaz de reconocer al esqueleto que se movía alrededor de la cuadra, con sus dos piernas de palo y el recuerdo de las llamas trepándole por el cuerpo. Sentí curiosidad, mi tío Marco no tenía dinero para pagar la entrada, y si tenía algo guardado que estaba usando antes de regresar a Tultepec, no nos había dicho; tampoco quería preguntarle, si de por sí no contestaba, y cuando lo perdí de vista entré al museo. De nuevo la chica del mostrador me miró con la indiferencia de siempre.

–Son cincuenta pesos, acceso a todas las salas. Ahorita no tenemos guía, pero todas las luces están encendidas, puedes comenzar por esta sala, y en el piso de…

–Gracias, pero no quiero hacer el recorrido –interrumpí–. Oye, el señor de muletas que se acaba de ir, fíjate que es mi tío.

–Ah, sí, el cojito. Viene diario. Bueno, diario desde hace poco.

–¿Cómo que diario? ¿Diario viene y te paga los cincuenta pesos? Entonces sí tiene dinero.

–No, amiga. Aquí somos incluyentes, cómo crees que voy a cobrarle si tiene doble discapacidad, anda cojo con las muletas y, ya sabes, como que tiene retraso, pero no digas que te dije eso, capaz me corren. Además, ni estorba, lleva toda la semana parado delante de las vitrinas, las del fondo, nada más se para ahí como una hora, las ve, quién sabe qué examina, luego se va y ya, pero menos mal viene a la hora en que no hay gente, luego con las muletas es un problema.

–¿Puedo ver las vitrinas? Rápido, no me tardo.

–Ay, otra. Bueno, nada más porque dices que es tu tío y el pobrecito me da como que lástima, pero no digas que te dejé pasar gratis, si viene el jefe voy a decir que estás comprando recuerdos y querías echar un ojo a las muñecas del fondo.

Necesitaba recordar qué había visto mi tío la primera vez que fuimos como para regresar diario y estar ahí parado una hora viendo las vitrinas. Me acerqué a la del ejército inglés, inspeccioné cada detalle y no noté algo fuera de lugar, todo seguía amontonado y sucio como antes. Puse atención en los muñecos armados con mini fusiles, nada. Me cambié a la otra vitrina, la de la feria con el circo. De nuevo barrí de un costado a otro los muñecos, revisé la carpa, si tenía escrito algo en la parte de atrás, si había algún patrón que él estuviera siguiendo cuando se paraba ahí o si podía hallar algo significativo en toda la locura que reflejaba la mini instalación, pero no hallé un detalle extraño hasta que me fijé en los juegos mecánicos de un extremo. Dos muñequitos estaban totalmente quemados, chamuscados, una niña y un niño. Era una familia, los papás alineados detrás de ellos y ambos niños quemados como carbones minúsculos.

–Oye, amiga –llamé a la chica del mostrador, ella levantó la vista y me miró con fastidio–. ¿Podrías venir?

–Pero rápido, ya se te está acabando tu media hora gratis, qué pasó.

–Oye, aquí hay dos muñequitos quemados, ¿siempre han estado así?

–¿Cómo que quemados? No, claro que no, aquí todo está impecable. Bueno, al menos no hay cosas rotas o quemadas.

–¿Cómo es que están quemados?

–Ay, no lo sé. Me va a matar el jefe cuando vea esto, claro que lo va a notar. ¡Ay, no mames! –exclamó asustada, volteando la vista a la siguiente vitrina, la del edificio con las habitaciones y los muñecos de tela–. No mames, no mames, ahora sí me van a matar.

Detrás del cristal, en el cubo que representaba la habitación de los cuates durmiendo en la misma cama con los padres mirando desde atrás, ambos niños estaban quemados y con un hilo rojo alrededor del cuello, el hilo los mantenía unidos. Adorablemente quemados y unidos por el lazo.

–Oye, el único que estuvo aquí parado horas y horas toda la semana fue tu tío –reclamó la chica intentando abrir la vitrina–. Si revisamos las grabaciones de la cámara y resulta que fue él, va a tener que pagarle al museo la reparación de los muñecos, de esta y la vitrina de la feria, porque todas son piezas originales.

–Ahorita checo, vengo más tarde –le dije para salirme de ahí e ir de inmediato a la casa.

Cuando doblé por Doctor Barragán y llegué a mi cuadra, el coche de mi mamá estaba estacionado delante de la puerta del edificio. Supuse que había llegado temprano del trabajo pero recordé que ese día yo me fui sola a la escuela, ella iba a salir más tarde porque tenía una reunión en Toluca al mediodía y no pasaría por la oficina. No entendí qué hacía su coche ahí. Subí las escaleras al primer piso lo más rápido que pude, y la puerta de madera estaba con seguro de mano por dentro, mi llave no podía hacer gran cosa. Comencé a golpear, gritar que me abrieran, pateé la puerta de madera e hice tanto ruido que un par de vecinos se asomaron. Ya no me importaba si estaba exagerando, tenía mucho miedo por primera vez en años y necesitaba decirle a mi mamá, necesitaba que me abrazara como yo a ella cuando lloró sin control contándome lo de Tultepec, necesitaba verla, verla era suficiente para recuperar la calma. El vecino de al lado me dijo que me apartara, iba a pegarle con el costado y el seguro abriría por rebote. Al tercer impacto el marco y el seguro de mano cedieron, con la puerta destrozada.

Dentro la casa olía extraño, era un olor que nunca había sentido y no reconocí, en segundos me ardieron los ojos y comencé a toser. El vecino, que entró conmigo para ayudarme y avanzó más rápido, me dijo que me tapara la nariz porque podía ser amoniaco. Se asomó al cuarto de mi mamá y exclamó algo que no entendí.

Quien hubiera entrado con nosotros en ese momento pensaría que los cuates dormían tranquilos, bajo la mirada de sus padres, con una cuerda alrededor del cuello, unidos como al principio.

Esta primera edición de
Una grieta en la noche
de Laura Baeza
se terminó de imprimir
el 1 de octubre
de 2022